www.tredition.de

AF202847

Ines Barber verbrachte ihre Kindheit und Jugend am Nord-Ostsee-Kanal in Rendsburg. Nach einem Studium der Literaturgeschichte, Zeitungsvolontariat und Stationen bei verschiedenen Radiosendern ging sie 2001 bei der NDR1 Welle Nord vor Anker. Ihre Erlebnisse verwandelt die Journalistin und Mutter von zwei erwachsenen Kindern in plattdeutsche Geschichten. Viele tauchen regelmässig in der NDR-Reihe „Hör mal`n beten to" auf. Vier Bücher und zwei Hörbücher sind bereits im Quickborn Verlag von Ines Barber erschienen.

Ines Barber

Passt, wackelt un hett Luft!

Plattdeutsche Kurzgeschichten

www.tredition.de

© 2017 Ines Barber

Verlag: tredition GmbH, Hamburg
Umschlagfotos: Axel Schön, Kiel

ISBN
Paperback: 978-3-7345-0769-4
Hardcover: 978-3-7345-9579-0
e-Book: 978-3-7345-9580-6

Printed in Germany

Vorwort

Haie in der Ostsee! Poesie für den Alltag! Der Fahrstuhl des Grauens! Und mittendrin: Ines Barber!

Rasant, selbstironisch und mit einer großen Portion Wortwitz taucht der kernige „Wippsteert" Ines Barber ab in die Tücken des Alltags. Da ist der plietsche Jack-Russell-Terrier mit „Rücken" und einer manifestierten Tabletten-Sperre, da ist der große Sohn, der mit seinem Ausflug zum Wacken-Open-Air seine Mutter in den Wahnsinn treibt, und da ist die Kojen-Kante auf dem Segelschiff, die für schillernde Verfärbungen der Rückenpartie sorgt. Und woher kommt eigentlich die seltsame Faszination der Leute an Weckgläsern?
Ines Barber geht den Dingen auf den Grund – immer mit einem Augenzwinkern und mit viel Spaß am Skurrilen.
Aber da gibt es auch andere Geschichten. Solche, die lange im Gedächtnis bleiben.
Die demenzkranke Mutter, die ihrer Tochter am Ende des Lebens für all die Wörter und Erinnerungen dankt, die Kiste auf dem Dachboden mit den nie abgeschickten Briefen oder der Handel eines kleinen Mädchens mit dem lieben Gott, das Segelboot des Vaters im Nebel zu beschützen.

Wunderbar zart, liebevoll und mit ganz viel Empathie – auch das ist Ines Barber.

Also, wenn Sie bis jetzt dachten, Ihr Alltag sei alltäglich … betrachten Sie ihn durch die Augen von Ines Barber!

Tanja Stubendorff *

*Tanja Stubendorff war meine Kollegin und Redakteurin bei NDR1 Welle Nord. Sie arbeitete in der Niederdeutsch Redaktion und hat meine Arbeit viele Jahre freundschaftlich professionell begleitet. Immer aufbauend und mit sicherem Gespür für meine Stärken. Bis zum Schluss. Leider hat sie das Erscheinen dieses Buches nicht mehr erleben dürfen.
Tanja Stubendorff starb nach langer schwerer Krankheit im Januar 2017. Sie fehlt mir.

Ines Barber

Hund un Minsch: Tricks un Tabletten

Mien Hund hett „Rücken"! Jo, ganz wiet achtern – dor is wat quetscht un geiht nich trüch. Dat Deert hett Wehdaag un will nich mihr lopen. Sünd wi ünnerwegens, blifft de Jäcki op eenmol stahn, heevt een Poot hoch un kiekt mi `n beten bedröppst an. Rien-ne-vas-plus. Nix geiht mihr, he ok nich. Na Gott si Dank gifft` Tabletten. Jede Morrn un jede Avend mutt mien lütt Jack Russell Emma nu een witte lütt Tablett slucken. Tjo, un dor liggt dat Problem – SLUCKEN! In`t Muul rinstoppen, dat langt nich. Un dorüm mutt ik nu jedsmol een kreative Koppstand opföhrn.

De eerste Versöök: Also, ik heff de Tablett blots eenfach so locker mang` Freten verswinnen laten. 30 Sekunnen later hett de Hund den Napf super ordig utleckt, allns akkrat wegneiht. Allns bit … bit op düsse lütt Tablett. Se liggt dor inne Mitt, eensom un verlaten, beten ankrümelt, natt, man se is buten un hett nix to doon.-

De tweete Versöök: Ik quetsch un kneet nu de Medzin in` Stück weeket Mischbrot rin … ha, de Hund snuppert vörsichtig, he nimmt allns gaaanz zort in`t Muul, kiekt mi an as wull he seggen „Na, dor is doch nix Doofes binnen, oder?" Un denn kaut he mit lange Teen suutje un heel vörsichtig. Ik jubileer lies, jo wohrhaftig: Emma sluckt. Süht so ut.

Also, dat Deert sluckt allns, man denn, och nee, ik krigg noch een mööd Blick tosmeten, un de Hund lett de Tablett elegant anne Siet ut` scheefe Muul op'n Kökenfootbodden plumpsen. Unversehrt. Keen Fitzelchen Medzin is in den opsternaatschen Köter ankomen.

Nu hett de Hund keen Blick mihr för mi. Marscheert mit `n meist arrogante Hüftswung ut de Köök un makt sik dat denn totaal kommodig op`n niegen Teppich inne Wohnstuuv. Schubbert sik, dreiht sik, snuuft tofreden. Dat heel Deert is een eenzig lebennig Triumph op veer Poten. Fehlt blots noch `n Schild, wat över den Hund sweevt mit de Wöör: „Ik bün doch nich blöd! " -

De drütte Versöök: Nu aber. Ik nehm wedder een lütt Stück weeket Brot, man nu kneet ik dor`n beten frische Teewuss mang un denn drück ik de Tablett dor ganz deep rin. Nu noch allns fein dörchmatschen, formen, un toon Sluss haal ik mien plietschet Emmachen een glatte wunnerbor na Teewuss duften lütt Matsch-Brot-Kugel vör de krüsch Nees ... Süht ut as `n Marzipan-Kantüffel. Oh, wat lecker! Ok mien Finger rükt na Teewuss un schnapp! Autsch! Meist hett de Hund mi den Finger afreten. Super. Liekers, is dat nu de Lösung? Jede Morrn düt Ritual? Ik kööp mol Leverwuss, mol Smeerkees, mol Teewuss, mol `n lüür lütt Stück Speck, un denn kneet ik een feins Leckerli mit Medzin – för mien Hund, mien hoorig Mitbewohner op veer Poten, mien beste Fründ?

Nee, ik heff düt Spillwark blots `n poor Daag

dörchtrocken, denn langt mi dat. –
De veerte Versöök: De Hund kann beter rüken un smecken as ik – klor. Man ik kann beter dinken. Un ik besinn mi op mien egen Kinnertiet. Wenn ik as lütt Deern vun veer or fief mol wat nich eten wull un trödel an Disch, denn hett mien öllere Süster fix tolangt un dä so as wenn se nu mien Brot – zack – vör mien Oogen sik in`t Muul smeten wull. Oha un denn keem ik ut`n Quark. Ik heff mien Eten rünner füert! Later heff ik mit düssen Trick af un an ok mien egen Kinner ansmeert. **Futterneid und Gier**. De Jieper vernevelt den Verstand. Un wat mit lütte Kinner klappt, klappt ok mit `n Wuffi.
Ik kööp nu jümmers magern rökert Schinken. In een lüttet Stück Schinken wickel ik de Tablett för`n Hund. Nu kümmt mien Trick: Een tweetet lüttet Stück Schinken heff ik inne anner Hand. Ik wedel den Hund mit beid Leckerlis vör de Snuut rüm.
„Kiek mol – allns för di – hmm, lecker!" De Hund kiekt na links, de Hund kiekt na rechts. Na links – na rechts. Her dormit! Her dormit! Dat`s mien! Mien! De lütt Jack Russell is total opreegt un weet gor ni, wat he toerst na links schnappen schall oder na rechts. Un schnapp schnapp – schluck schluck. Fardig is de Lack Un de Tablett? Welk Tablett? Dat Lüüd, dat is de Gier.

Hund un Minsch: Plietsch

Allns ännert sik in`t Leven. Jede Dag. Gifft Tieden,
dor överswemmt mi Angst, dor bün ik bang wat de
Tokunft woll noch so bringen wart ... dor bün ik een
echte Bangbüx. Af un an. Man in Momang föhl ik mi
supergoot un dat verdank ik mien beste Fründ, mien
hoorig lütte Levensgefährtin op veer Poten! Emma,
mien Jack Russell. Vun düt lütt Deert heff ik wat mit
op`n Weg kregen.
Verleden Harvst, Emma un ik werrn so üm un bi siet
acht Weeken alleen, keen Kind mihr tohuus, keen
superluude Musik, keen Telefoneern deep inne
Nacht, keen Gegacker un Tiriliii, keen leddig Pizza-
Pappen inne Köök. Nix. Teemlich still in`t Huus nu
blots noch mit uns beid „öllere" Daams. Tjo. Isso.
Kinner wart groot. Tieden ännert sik.
Un denn keem mien Dochter mol een Weekenend
doch wedder ut Berlin na Rendsborg to Besöök. Wi
hebbt snackt, tosomen eten, wunnerbor. Ik pack mi
denn erstmol an Sünnavend platt inne Middagstünn
op` Sofa. Op eenmol höör ik wat klütern inne Köök,
dat Trippel-Trappel vun` Hund oppe Fliesen, denn
Schapp op, Schapp to. Momang later wackelt mien
Hund inne Wohnstuuv, packt sik tofreden mit so `n
deepet Süchen neven mi op`n Teppich un fangt an un
gnarrt an so een langet Leckerli för Hunnen op rüm.
- Aha, ik wunner mi, keen hett dat Deert dat denn

woll geven? Mien Dochter? Ik heff nix höört, na ja, weer woll al deep indruzzelt. Egol, ik roop – so inne Luft vun`t Sofa ut, kennt wi doch, ik bruuk ok keen Telefon för sowat:

„Süße? Hast Du dem Hund ein Leckerchen gegeben?" Nix. Keen Antwort. Also nomol. Nu so luud, wat de Nawers dor ok wat vun hebbt. *"Süüüüüße?"* Baven flüggt `n Döör op. *„Man, Mama, ich lieg` im Bett. Was is` denn?!"* Hä? Se liggt de heele Tiet inne Puuch? Man? Keen? Woso? Nu jump ik doch hoch vun`t Sofa, laatsch inne Köök, kiek mi üm. Sherlock Barber in Aktion. Un dor, Lüüd, wohrhaftig: Dor steiht een Döör vun`t Schapp – ünnen – noch apen. Dor, wo ik de Saken vun` Hund jümmers henpack … Dorvör liggt fein dörchkaut un twei de Plastiktüüt mit de Leckerlis. Halloooo? Minsch, ik weet dat nipp un nau, ik heff de Tüüt extra ganz ganz deep na achtern in`t Schapp packt. Wat seltsom. Nee, ik kann`t, ik will`t nich glöven, man dat is so: Mien lütt Jack Russell Emma hett sik eenfach so – ganz alleen – sien Leckerli ut` Schapp kleit. Dat Deert is dor modig mang de Kökendöker deep rin krabbelt, hett de Tüüt rutwruckt, dörchkaut un sik – wat `n Döösbaddel – blots een Stück gönnt. Un nu geneet he dat! Mien Hund wart in April 10 Joar olt – sowat hett he noch ni nich doon. Ik bün perplex. Ik kann gor nich schimpen. Nee, ik lach un bewunner mien Hund! Respekt! Wuffi - wat plietsch. Hunnen hebbt fiene Antennen för Verännerungen. För Stimmungen.

Un lütt Emma hett in uns niege Tiet tohuus

begreepen, nu toon eerst Mol ganz alleen mit
Frauchen: hey, hier löppt wat anners. De Kinner sünd
weg, Frauchen dümpelt so appeldwatsch rüm, na
denn: Nieget Speel – nieget Glück! Sülvst is de
Hund - her mit` Leckerli!
Un dat Lüüd, dat is de Lösung: As mien plietsche
Hund, so warr ik in Tokunft spontan de Laag pielen,
denn frisch un gau entscheden un superfix hanneln.
Jo, un denn tööv ik kommodig, wat so passeert.
Danke Emma.

Hund un Minsch: Showtime

De eerst Minsch op`n Maand … jawull, dat weer dormols Neil Armstrong. Sott hatt, hm, denn, harr he dormols womööglich een Hund mit an Bord hatt, blots mol so as Idee, du – keen Minsch besinn sik doch mihr op Armstrong, nee, man Appolux, de eerst, de eerst Hund op`n Maand, de weer denn inne Geschicht ingahn.

Een Hund klaut di jümmers de Show.

Letzt sünd se in Alabama so een Marathon lopen. Op eenmol renn dor een Hund mit! Weer woll vun tohuus utbüxt. He is bit toon Sluss mithechelt. De Biller vun düssen komschen Hund güngen ümme Welt.- De Sportlers? Jo, nee, egol. –

Een Hund klaut di jümmers de Show.

Vör Joar un Dag heff ik mol in een feine Krog mien Vertelln vördragen. De Krögersch dormols froog ok noch kott ehr dat dat losgüng:

„Is dat`n Problem, wenn mien lütt Jack Russell hier rümlopen deit?"

Nee, klor, worüm denn nich, heff jo sülvst so een tohuus. Nee, is okay. Du, toerst löppt dat ok goot, de Fiffi liggt inne Eck un slöppt. Man denn, ik vertell jüst een heel lustige Geschicht, dor bellt dat Aas - kott. Al Oogen hen na`t Körbchen. Fiffi kiekt opsternaatsch un plietsch in`t Publikum. Wat nu? Halloooo – hier, hier oppe Bühn speelt de Musik!

Na, Fiffi kriggt sik wedder in un ik mien Publikum trüch. Beten later jumpt de Kläffer op eenmol appeldwatsch hoch un wackelt mit sien lütte Mors keck dörch`n Saal. Faszineernt. Lüüd: Dat kann ik nich toppen!

Een Hund klaut di jümmers de Show!

Loslaten

Du kannst Kinner dusendmol seggen: *„Kind, laat de Finger vun` Grill, dat is hitt!"* – Tja, un denn hörst se doch forts luud blarrn. De Ami seggt to sowat cool: Learning by burning. Also, Versöök makt klook oder so. Dat gillt doch för allns. Ok för düt „Loslassen". Fründinnen, de düsse Achterbahn ut Geföhlen al achter sik harrn, güngen mi doch middewiel recht wat op`n Keks mit ehrn goden Raat: *„Ines, du musst jetzt mal loslassen".* Also, mien Kinner schull ik loslaten. De sünd nu jo uttrocken. Ik? Loslaten? Ach, na klor, gor keen Problem. Nee, nee. Ha! Un eerst recht ni dormols … also, annersrüm. Dormols as ik weg weer. Weg vun tohuus.

As ik mit veeruntwintig för veer Weeken dörch Amerika reist bün, dor heff ik mi nich eenmol tohuus mellt. Jo, nee, worüm ok? Handies geev dat jo noch nich, okay, Telefon schon, man – nee un överhaupt. Nee, ik wull dormols endlich mien Freeheit geneten. Mien Öllern hebbt dat ok ni nich kommenteert, nich meckert, nich rümmuult, nix. Na bitte. Weer doch okay. Dat is `n poor Johrteinte her. Hüüt, hüüt treck ik vör mien Öllern noch nadreeglich den Hoot, un ik bewunner se. Ik harr jo keen Dunst. Also, mol ehrlich: Ik bün nich so taff. Höör ik mol vun mien Jung, de is Midde twintig, also, höör ik mol vun em

so een, twee Weeken nix, jo, denn piert dat örnlich.-
Also, he leevt nich in Amerika, – ähm – nee nee.
Blots 40 Kilometer wiet wech ... Liekers! Minsch, de
Keerl kümmt noch nich mol toon Wäschewaschen
nahuus! Un un un dat Kühlschapp wart ok nich mihr
plünnert!
De Jung leevt eenfach Maand för Maand fröhlich
ahn Mama vör sik hen. Wo gifft`denn sowat? Lüüd,
ik bün rut! Al sabbelt se vun Nesthocker un so. Ha –
dor lach ik jo. Mien Kinner – zack un los. Rut inne
Welt. De hebbt Flünken! Dorbi heff ik middewiel
allns anschafft, wat de moderne Medientechnik so
hergeven deit. Ik heff Skype, also düt Telefoneern an
PC mit Bild. Super. Sühst ut as schnackst vun
Maand, grisselig Bild, egol. Natürlich heff ik een
super modernet Smartphone. Ik sims, ik schriev
Whatsapp-Narichten. Allns in Würklichkeit verkappt
Navelsnoorn för Klammeröllern. Minsch, dat is mi
doch klor. Swieg still! Ik heff `n fixe
Waschmaschien, een dulle super Trockner, sien
Leevlingsies in`t Köhlschapp (wat glöövst, keen dat
an`t Enn alleen op Sofa utlöpelt?) – man nix ...
eenfach ... nix. Lüüd, de Jung is womööglich
„wunschlos glücklich"?
De Japaner seggt: *Im Augenblick der Geburt beginnt
für die Eltern der Abschied.* Jaahaaa.
Un Goethe meent: *Zwei Dinge sollten Kinder von
ihren Eltern bekommen: Wurzeln und Flügel.*
Hm, dat heff ik denn woll henkreegen. Na super.
Liekers - letzt, as dat Lengen keen Enn nehm, dor
sünd mi denn doch de Nerven dörchgahn. Un ik heff

mien Söhn een `n beten unfair Alarm-SMS schreven.
Also, wenn denn nix kümmt, denn weet ik nich.
Also, ik heff em simst: *Ich ... denke ... darüber ...*
nach, den ... Hund ... zu ... ver ... kau ... fen!" Du,
ha! Hett klappt.
3,689 Sekunn later harr ik mien SMS:
"Mama, chill mal. Mir geht es gut! Habe nur viel um
die Ohren! Und knuddl den Wauwi". Denn sett he
dor noch dree Smileys achter. He glööv mi keen
Wort. Fründlich, entspannt, seker un free as de Wind
– Wuddeln un Flünken. Schön. Jo. Man för mi - so
an Anfang - ganz alleen tohuus?
Nich so eenfach, nee, nich sooo eenfach.-

För de Lüüd - för de Tünn

Gode Erziehung is total eenfach, seggt de Experten. Dat Wichtigste vun` funktschioneern Erziehung is jo: Wenn Du „nee" seggst to dien Kinner, denn mutts dat ok dörchholen, also dorbi blieven. Okay, gifft ok mol Utnahmen, man de sünd nich dat Problem. Dat Problem för di as Modder oder Vadder is blots, welk Utnahmen sünd okay? Denn eendoont, woans du di entscheeden deist, dat hett Konsequenzen för di un dien Kinner. Ach ja un dat hier: *Wenn Du di op `n Kampf mit de Göörn inlaten deist, denn mutts em ok gewinnnen!* Sünst jumpt se di oppe Nees rüm, jeden Dag mutts du wedder kämpfen. Dat kost Nerven un Tiet. Liekers, dat gifft keen Patentrezept. Jeeds Kind is jo anners. Un dat is goot so.

Ik heff middewiel de Roh weg un ok so een warme, fründliche, total chillte Instelln kregen. Wat`n Kunststück. Mien Kinner heff ik groot.

Liekers, den Tuungast speel ik geern. Letzt kreeg ik bi mien Leevlings-Iesverköper, he hett sien smucket Café direkt an Nordostsee-Kanol nich wiet weg vunne Kaimauer buut, een Gratis-Vörstelln ünner`t Motto:

Woans een op gor keen Fall, op överhaupt gor keen Fall, mit een veer Joar ole Quengel-Deern ümgahn dörff... Ik harr mi dat jüst mit mien Ieswaffel un Erdbeer-Karamell-plus-Sahne kommodig makt, dor

20

höör ik twee Dische wieder een fiese lütte Stimm:
„Häähä, ich will aba nichhhhh. Nich Erdbeer – ...
Schokolaaaaade ! Uhuhuuäääääääääääh!".
Aha. Een lütt Endscheidungs-Neurotiker sett an toon
Nerv-Alarm ünner Publikum. Nüdelich Kind, hübsch
antrocken, Löckchen. Wenn blots düsse nervige
Stimm dat schöne Bild nich so kumplett inne Tünn
haun dä. Un: De Situatschion hett noch `n ganz
besünnern Dreih:
Nich Mama oder Papa sünd mit dat Kind
ünnerwegens, nee, Opa hett hüüt dat grote Los
trocken. De Mann antwort mit `n sanfte pädagoogsch
vörbildliche Stimm:
"Aber Evchen, Schätzchen, du wolltest doch
Erdbeer! Nun musst Du das auch artig aufessen!"
Lütt Evchen dinkt dor nich in Droom an, nee, de
Deern rüst op. Dat Gesichtchen is knallrot un de
Oogen hett dat Evchen as Chucky, de Mörderpopp
wild opreeten:
"Neiiiiiiiiiiiiiiiiiiiiiiiiiiiiiiiiiiiiiiin! Schokolaaaade ...
uhäääääääääääää!"
Un denn schaukelt de blonne Engel gefährlich mit
den Stohl hen un her. Nu hebbt de beiden natürlich
een opmerksom Publikum. De Lüüd direkt blangenbi
rückt vörsichtig `n beten wieder wech, nich dat de
lütt verzogen Kreih noch in se ehrn Latte Maggiato
rin platscht ...
Opa sett an un verkloort - tominst uns anner Gäst ...
denn, wi höört totaal opmerksom to, also Opa
verkloort energsch, woans een sik in` Lokal
benehmen mutt.

Evchen treckt `n Schnuut. Un denn makt Opi een Kardinalfehler:

„Evchen, soll Opapa das schöne Erdbeer-Eis etwa den kleinen Entchen geben?"

Blöde Fraag, ganz blöde Fraag. De Lüüd an Naverdisch atent deep un hörbor dörch. Un jawull: Evchen is begeistert: *"Jaaaaaaaaah!"* Opapa harr woll sien Wöör an leevsten trüchwarts freten, op jeden Fall, de Mann rett sik mit Spontan-Demenz: Vörslag stracks wedder vergeten.- Uns Evchen dreiht nu routineert anne Eskalatschions-Schruuv för öffentliche Optritte:

"Huuuäääääääääääh, du   bist doof !"

Un, watsch! De Iestüüt mit dat weeke Erdbeer-Ies lannt op Opapa sien Sündagshemd. Dat Kind fixiert sien Gegner kolt. Un de ward nu doch wat luuder:

"Nun ist aber w i r k l i c h Schluss, Evchen: Gleich gehen wir sofort nachhause!" Se gaht natürlich nich. Opa kiekt sik blots jümmers üm, denn wedder oppe Klock:

„Evchen: Gleich kommt die Mami, die wird ganz böse mit Dir! Ganz böse. Also, sei lieb ... hm ... gut, dann lässt Du das Eis eben liegen. Aber ein neues kauft Opa dir nicht." Betonung op „Opa". Un dormit is he rut. Jo, de böse Mama kann nu echt mol opdükern. Evchen is middewiel vun` Stohl rünner un schmiet sik op`n Footbodden, mehrn twüschen de Dische un Been vunne frömde Lüüd. Een gewaltig Berner Sennhund jaagt verbaast hoch un knallt mit den schwatten groten Kopp vun ünnen gegen den Disch, een Mineralwaterbuddel kippt üm. Herrchen

schmitt tein Euro in't Chaos, un Hund un Herrchen marscheert beid koppschüddelnd rut.

De heele Tiet huult un blarrt dat Evchen luud un jümmers verrückter.

„Schokolaaaadeneis, Schooooookolaaaaadeneis, Scho-ko-la-den-eis!"

De een or anner Gast kiekt nu lang un nadenkern in Richtung Kanal ... denn wedder op` lütt Evchen ... Is gor nich soooo wiet wech ... jo doch, du kümmst op Ideen. Man denn - dor is endlich Rettung in Sicht. Mama dükert op: *„Boah, bin ich fertig"*, seggt se un schmitt ehr fulle Inkööpstaschen neven den Disch, holt dat versmeert Kind hoch, verpasst de Lütt een Söten un frogt: *"Ja, was denn los, mein Schätzelchen?"* Dat Schätzelchen wesselt opsteed elegant de Tonlaag: *„Schokolaaadeee, Mami ... bidde bidde, lieber ein Schooooko-Eis!"*

Foftein Oogenpoor wesselt as een op Opa. De sitt stockstief an Disch as Apollo 13 kott vör`n Start, haalt Luft, makt den Mund op - ... man dor hett Mami al de Bestelln opgeven:

"Einen grande Capuccino für mich und für meine Süße bitte eine groooße Kugel Schokoladeneis."

Opa sackt op sien Stohl wedder tosomen. Sien Mund klappt to. Start afbraken. Evchen kuschelt sik tofreden an ehr Modder an. *Jaaaaha. Süüfz.* Kannst meist nich glöven, wat dor liekers wunnerbor grote Kinner ut warrn ... köönt. Duert blots `n poor Joar. Ik segg mol: De Schangsen staht 50 : 50. Also entweder wart allns goot oder ut de lütten Morslöcker wart riesengrote.

Tollste Tante

Mister Universum! Miss World! Germany`s next Top Model! Shopping Queen! Manager des Jahres! De List mit de Titel, de een mit Schangs afkriegen kann, de is lang. Un ik heff nu ok een Titel. Een heel besünnern Titel. Jawull. Un ik mutt dor nu jümmers un jümmers wedder för in` Ring stiegen. Sünst is he futsch. Weg – verloorn. Ik bün siet Joar un Dag de "Tollste Tante". „Tollste Tante", jo, dat is `n Titel, also, den jaagt mi so fix nüms in uns Familie af. Eerstens: Dor sünd nich mihr so veele Tanten. Egentlich blots twee. Un tweetens: Ik bün jo sowat vun cool ... - dach ik.

Man nix is för de Ewigkeit. Siet den letzten Jahrmarkt, dor wackelt mien schöne Titel. Man dat weet bitherto blots de „TollsteTante". Un de kann swiegen as `n Graff.

*„Tante Ines! Kommst Du mit auf`n Jahrmarkt?"* Ja, so fung dat an, un mien Steern an`t Firmament vunne tollsten Tanten fung sachs an un bever – ganz licht. Man ik wull dat nich sehn. Ach wat, mien Neffe keek mi mit sien riesengrote brune Kulleroogen so scharmant un sööt deep inne Tanten-Oogen. Un zack, ik segg *„Jo!"*. Avendüer – ik bün ünnerwegens! Hen na`n Jahrmarkt.

Fröher as ik lütt weer un ok as Teenager, dor bün ik in alln`s rin, wat wackel, swung un suus as blööd.

Ik bün jo inne Ole Kieler Landstraat in Rendsborg groot worrn. Uns Huus stunn blots hunnert Meter wiet weg vun den groten Platz, dor wo se jümmers de Buden un Karussells opbuut. Ut mien Stuuvenfinster kunn ik wunnerbor direkt op den Rummel kieken.

An Avend höör ik de Musik vunne Karussells, un den Duft vun Zuckerwatte un brannte Mandeln heff ik hüüt noch inne Nees. Dat prägt. Okay, dat is `n beten wat her. Een, twee, dree, veer ... Johrteinte? Un dat gifft jo ok keen Nordmarkhallen-Platz mihr in Rendsborg, heet nu „Willy-Brandt-Platz". Eendoont. Ik bün los mit mien Neffe. Hen na`n Rummel. - Lüüd, mien Waterloo heet Break-Dancer.

Op `n grote Schiev sitt ründüm spacige, geele, lütte Wagens. De köönt sik ruckordig dreihn. De Schiev dreiht sik ok. Allns suust un dreiht sik as blööd. Dat Ding behannelt di as `n natte Feudel. De Keerl anne Kass göölt noch: *„Eine tolle Fahrt!"* un mit `n Rumms knallt de ieskole blitzen Sekerheitsbögel rünner. Een Momang later is allns to laat. Af geiht de Post.

Hui! Toerst sleudert uns dat Karussell blots teemlich gau in Kreis. Klasse. Neffe un Tante juucht un wi wedelt mit de Arms. Ik will ok noch begeistert lachen ... man denn: *Huibuirumms* - mit Swung haut mi wat in`t Genick, ik flügg na links, na vörn, un wedder trüch. Minsch Lüüd, dor is överhaupt keen natürlich Rhythmus binnen in so `n Kist! Mien Kopp slaggert hen un her, jüst so as de hulten Köpp oppe Marionetten vunne Augsburger Poppenkist. Mien

Neffe lacht. Ik lach natürlich mit. Un extra luud, hey: Ik bün jo de „Tollste Tante". Hahahhah.- Blots komisch, ik schaff dat un kiek mi merrn in Schlamassel doch kott mol üm ... Hm, komisch, nee, dor sitt nich een Minsch in mien Öller in`t Karussell?!

Vör`t Karussell, ünnen anne Kant, dor steiht de restliche Familie. Un nee, kiek mol, de hebbt al de Handies in Anslag un filmt dat Elend. Wat witzig. Dat duert. Wi beleevt wat för` t Gild. *„Könnt ihr noch?"* De Stimm vun den Witzbold ut`n Glaskasten jodelt sik dörch den Wahnsinn. Man de Keerl töövt gor nich op een Antwort. Un ik krigg keen Wort rut. Mutt mi jo mit al mien Kraft fastkralln an den köhlen Seekerheitsbögel. Un lachen, Showtime Tante Ines! Oh nee, he gifft al wedder Gas. De „Tollste Tante" knallt wedder in` Sitt. Kleevt inne Eck un konzentreert sik op Aten. Schön ruhig aten. Boah - mien Maag hett middewiel ok kumplett de Orienteern verlorn. Dat geiht na vörn, denn trüch, haut mi na links, na rechts, wedder vör un trüch, rumms, zack, snurpst. Wenn ik dat överleev, dink ik noch so, tjo, denn kann ik mi ok anmelln bi de NASA, as Jung-Senioren-Astronautin för`t neegste Spaceshuttle.- Leeger as nu kann`t nich lopen. Hummp - mien Maag hangt in een Kuddlmuddl ut 1000 Gummibänner. Sülvst schuld du olet Kamel! Un denn hebbt wi dat schafft. Endlich.- Heff ik dat schafft. Mien Neffe strohlt un is häppi. Ik heff weeke Knee, een stieve Hals, dat brummt in Kopp. Wieldat ik jo de „Tollste Tante" bün, mutt ik natürlich denn ok noch düt weeke Ies, Crépes un Braadwuss mit de Göörn eten. - Dorbi flüggt mien Maag jümmers noch ganz alleen vun links na rechts. Wo ik dat neegste Mol in` Ring stiegen do? Also, wenn`t mol wedder üm den Titel „Tollste Tante" geiht? Du, äh, na jo. Och, nee, also ... ik warr mi wat Feins överleggen. Seker. Klor.

Blots, dat dat mol klor is: Karussellfohrn hebbt wi nu erstmol hatt.

De witte Hai, Rihanna un ik

De witte Hai, de Popstar Rihanna un ik, wi hebbt wat
gemeensom. Doch doch. Un Schuld hett Hollywood.
Vör bummelig veertig Joarn keem düsse Hai-
Schocker rut. Een Film, de mi bit toon jüngsten Dag
verfulgen wart un verdreiht hett: "Der weiße
Hai" vun Steven Spielberg. Toerst heff ik em in Kino
sehn. Fuuuurchtbor. Dat riesige Muul! Also, vun`
Hai, nich vun Spielberg. Un denn eerst düsse
Filmmusik: *Dadam. Dadam. Dadam.*
Dadadadadadadadadam.
De barbadische Popsteern Rihanna hett vertellt, wat
se dörch düsse „Weiße-Hai"- Filme echt een lütte
Schoden hett … Ik heff een grote. Een riesengrote
Witte-Hai-Klatsch. Ik meen, dat gifft natürlich noch
`n grote Ünnerscheed twüschen Rihanna un mi. As
de witte Hai dormols in`t Kino anleep, dor dörff ik
dor jo al alleen rin.- Vun Rihanna hett de Welt noch
dröömt. De spaddel noch in`t tokomen Universum …
de Fro is dörtig Joar jünger as ik. Egool. Denn du
kannst jo hüüt allns op Video, DVD, Blue Ray, Stick,
Internet un sünstwo nomol un nomol un nomol
ankieken.
Also de Witte-Hai-Klatsch wart op düsse Oort
wiedergeven vun Generatschion na Generatschion. -
Ik heff dat ok al versöcht, man mien Kinner wulln un
wulln sik dat nich ankieken, dorbi is dat een

filmschet Meisterwark. Een vun miene afsluten Leevlingsfilme! Doch doch. Liekers. Ik kann beids, mi gruseln un begeistern. Sowat gifft`.

Düsse Spannung, du höörst blots de eersten beiden Tön vun düsse Filmmusik … *Dadam. Dadam. Dadam. Dadadadadadadadadam.* Na, op jeden Fall, siet düsse Film gah ik nich mol mihr inne Badwann. Jo! Nee. Ik ligg dor so rüm, maak de Oogen to un batz: *Dadam. Dadam. Dadam. Dadadadadadadadadam.* Hai-Alarm inne Badwann. Nee, gah mi af. Denn dusch ik doch lever. Dörch den Duschkopp passt dat Aas nich dörch.

Nee, dor dinkst doch, glieks bitt di wat gewaltig in`n Mors oder slimmer, du verswinnst mit een Happs op Nimmerweddersehn. Ik meen, een is jo noch nich ganz doot, dor fangt de Hai al an un kaut di dörch … bah! Du willst dor rut, man dien Arms sünd al wech ... dorbi, ik bün al as Kind veel un geern op Water ünnerwegens west. Ik bün mit miene Öllern jo seilt, segelt, oppe Ostsee!

Mien Vadder harr `n ölven Meter langet Schipp ut Stahl, mordsstabil un kommodig un in Summer, wenn`t so richtig dullet, warmet Wedder weer, denn sünd wi af un an meern oppe Ostsee ok mol vun Bord jumpt.

Blots dat Problem weer jo, dat Boot harr een Knickspant-Rump. Also, de Körper vun`t Schipp weer nich rund formt, sünnern dat Schipp harr een Knick in Rump as so `n Damper oder Motorboot. Dat bedüüt, wenn du nu dor wedder trüch an Bord willst – un wi harrn dormols blots so een

oldmodsche weeke Ledder ut Tampen un lütte
Breder, also so `n eenfache Strickledder ... Menno,
dat Ding, also, wenn du dor denn wedder an
hochkleddern willst, denn klappt de Ledder jümmers
jüst an den Knick an`t Schipp weg ... also, so dor
ünner, ünner den Rumpf, greesig.
Du hangst denn dor, dien Arms wart lang un länger,
un dat kost echt Kraft. Kumm dor mol gau hoch – na
ja, hüüt hebbt se al meist düsse modern faste Ledder
ut Stahl un Plastik un so, wi dormols nich. Na, un as
ik as Teenie dor denn so an hung as `n Sack Zement,
ünner mi tein, twintig Meter düüster schwatt-gröön-
bruune Ostsee, jaaaha, dor kreeg ik op eenmol den
Film in` Kopp un ... Panik ...
Vör mien Oog: de witte Hai. Ik föhl dat Beest. He
weer dor. Bestimmt. Ünner mi. Un nu, as ik dor mit
mien witte slanke Teenie-Been so vertwiefelt
rümspaddel ... dor ... dor ... maak he sik op den
Weg ... keem hoch ... ut de Finsternis un swemm na
baven, mien knallwitte Been lüchen neemlich as
twee „Leuchtstäbe" dörch`t gröön-bruun-schwatte
Water ... ik kunn em meist höörn, mien Been
drücken sik vertwiefelt af vunne Ledder, ik trock un
trock – wiet baven kunn ik doch al mien Modder
sehn, se stunn an Bord mit `n Handdook ... ik weer
doch noch sooo jung ... harr noch sooo veel vör
mi ... un ik wull jüst ...
Op jeden Fall: Ik heff mi total in Panik phantaseert.
Un jüst in den Momang, also, wo de witte Hai vör
Langeland hochjumpen un mi verslucken wull, dor
krabbel ik inne allerletzt Sekunn doch noch an Bord

un full mien Mama inne Arms. Mien Hart pucker as
dull. Ik kreeg meist keen Luft mehr. -
Jo, un dat weer denn ok dat letzt Mol, wat ik oppe
Ostsee vun Bord jump. Ik swimm ok nich mihr geern
alleen in Wittensee. Oder in` Brahmsee oder beten
wieder rut vör Eckernföör. Okay, ik heff noch nich
höört, wat `n Butt oder `n Hieren, also`n Hering,
unvermoods een harmlose Touri inne Ostsee
schnappt hett. Avers villicht `n Heek? De is groot!
De kunn!!! Villicht jo sogor `n Angler rünnertrecken!
Ganz seker.
Düsse Hai-Klatsch, düsse Macke, de liggt deep.
Ganz deep. Düsse Angst is unglaublich riesig. Un
furchtbor. Dat makt mi total fardig. Mien Fründinnen
meent nu, ik schall mi mol bi `n Therapeuten mellen.
Düsse Angst afbuen. Een „normalet" Verhältnis toon
Hai entwickeln. Een normalet Verhältnis????? To
een Hai????? Ik bün doch nich blöd. Ik ruinier mi
doch nich den Töver, den Zauber vun den
spannensten Film wo gifft! Speelverdarver!

Ein bisschen Frieden – Wackööön!

Ik weer letzt in Waggersrott. Schöne Naam, oder?
W a g g e r s r o t t, dat liggt in heel hoge Norden vun
Schleswig-Holsteen. Ganz wiet dor baven. Meist
Denmark. Un dor wull mien Söhn mol mit sien Band
op` Enzo-Festival optreden. Dat is een lütt
Rockkonzert mit veel verscheden Bands.
Mien Jung is jo middewiel allang uttrocken, dormols
mit Anfang twintig. As dat so löppt, Mama freit sik
jedsmol as dull, wenn de Jung sik mol mellt. Bi
Deerns löppt dat anners. De roopt mol an, schickt
eenfach so mol `n SMS. Bi Jungs? Na jo. Also,
eendags, unvermoods, mien Söhn reep an:
*„Du, Mama, hast du Lust, uns auf`m Festival zu
sehen. Wir treten da auf! Mit der Band?"* Jo klor,
harr ik. De Jung wedder sehn, de Kumpels, ik kenn
se doch al. Ach schön. *„Äh, ach ja, Mama, ist nich
ganz früh, wir sind nich` als erste Band dran. Mehr
so später. Vielleicht gegen Mitternacht."* Aha, na.
Nu weer`t to laat. Un eendoont, ik wull em sehn.
Wi harrn Summer, dat Konzert weer an een
Sünnavend, also los. De Familie wull de Band
beleven. As he denn endlich anne Reeg weer, harrn
wi middewiel meist halvig twee inne Morrn. Harr sik
allns een beten hentrocken … Een wunnersom
Atmosphär weer dat. As wi mit de Familie achterran
gegen halvig dree över`t Gelänn hen na`t Auto

marscheern, mien Söhn bleev natürlich bi sien Lüüd,
dor keem mi nomol uns Tiet mit Wacken inne Mööt.
Minsch, so `n poor Summer lang harr ik jo jeedsmol
Anfang August dat Vergnögen. Etliche wunnerbor
snaaksch Vertelln kunn ik ut düsse Tiet opschrieven.
Mit Wacken weer dat meist so as mit Wienachten.
Dat stunn jeedsmol ok total överraschend vör de
Döör. Eendoont, also jeedsmol Anfang August
keemen de Jungs düchtig inne Gang. Weern meist
„wesensverännert", stell di vör: Op eenmol kunnen
se freewillig bi Aldi inköpen! Jo!
Okay, de Spieszeddel weer ok, ik segg mol,
översichtlich. Meterwies Toastbrot, düt Fleesch, wat
in Plastik in so gröne oder rode Sooß mit Krüter
afpackt weer. Ik segg jo geern, dat is so würzt, dor
kannst dien egen Naversch inleggen, smeckt keen
Minsch ... Na, un natürlich Bölkstoff, Beer en
masse. Dat langt för dree bit veer Daag Wacken. Dat
Hoar drägen se al meterlang, dat weern noch Tieden.
Hüüt is dat allns an`t Kinn wannert un baven is `n
Mütz op de speegelblanke Kopp.
De Kleedaasch weer jümmers schwatt. Ik harr extra
för den Jung een besünner Waschmiddel köfft för
swatte Kledaasch, müss ik, hett he sik wünscht!
Kannst mol sehn, geiht allns. Kümmt blots op an.-
Un wat dor nich allns so oppe T-Shirts afdruckt
weer! Dat seeg ut as harr`t direktemang de Düvel
persönlich designt, Dodenköpp, Monster, Slangen,
wilde nakelte Wiever, de sik sexy-mööd henpackt op
Motorrööd, ja ... Krüüze, Marterpohls un so wieder.-
Wackööööön!

Een Dags, ik müss fix hen na Kiel, hen na de Arbeit, dor wull de Jung ok op eenmol jüst los. Wi leeven dormols noch in Eckernföör. Un op`n Kakabellnplatz wulln sik al de Eckernföörer Wacken-Lüüd drapen un gemeensom mit`n Autokorso na`t Heavy Metal Festival afdüsen. Mien Jung harr noch keen Führerschien.- Op eenmol – kumplett överraschend – Överfall Nummer een, Alarmstufe geel:

„ Mama, kannst du mich mal eben da zum Treffpunkt fahren! Büdde Büdde Büdde. "

Wat kunn de Keerl doch sööt kieken ... Okay. Wi beiden los. Ik smuuster een lüür lütt beten achtertücksch un dreih dat Radio luuder. As Straaf harr ik NDR 1 Welle Nord, mien Arbeitgever, anschalt. Dormols speelen se noch düütsche Schlager. Also, wieder wech vun Heavy Metal güng`t nich. He rull ok forts mit de Oogen: *„ Mach` den Scheiß aus, Mama! "* Ik bleev stuur. Un - de Tiet leep mi bilütten dorvun. Op halve Streck denn keem Överfall Nummer twee, Alarmstufe orange:

„ Oh Mensch, Mama, Mist, ach, du, oh, ähm, ich hab` gar kein Zelt und meine Isomatte konnte ich auch nich finden, die musst du ... irgendwo ... weg ..., also ... "

Ik haal deep Luft, man denn, ach wat, nu is ok egol, Blinker rut un hen na`n Bumarkt, leeg praktischerwies direkt op`n Weg. Ik hau nomol `n poor Kröten rut un zuppserupp, mien Jung weer perfekt utrüst. Geiht doch. Mama is de Best.- Dörchaten. Dörchaten.

Mien Tietkostüm harr middewiel 1000 Been kregen

un` Masse Löcker. Na, egol, dach ik noch so, glieks föhrt he los, denn heff ik `n poor Daag Roh.

Nu kunnen wi al vun wieden ok de veeln schwatten Geselln op`n Kakabellnplatz sehn, sien Kumpels, de Wacken-Treck. Un denn keem doch wohrhaftig de drüdde Överfall – Alarmstufe dunkel - rot: Denn dor meen de Lulatsch total entspannt mit `n fründlich Smuustergrienen:

„Ach, Mama, Du hast doch meine Karte eingesteckt?" Jo. In den Momang knallen bi mi al Sekerungen op eenmol dörch.

*„Sach ma, hast Du noch alle Latten am Zaun? Wer von uns beiden will hier nach Wacken? Heiße ich etwa „Mamas-Rund-um-Wohlfühl-Paket-mit-Geld - und -Nerven-ohne-Ende? Du bist wohl nicht mehr ganz dicht! Ich hab` die Schnauze voll!"* Ik dach, mi flüggt dat Hart rut. Mien Jung keek mi nu doch `n beten bang an un in düssen Momang, as em so fix nix infulln dä un ik doch mol na Luft schnappen müss, dor hören wi dütlich, wat jüst op Welle Nord leep, keen Schiet, is de reine Wohrheit: *„Ein bisschen Frieden, ein bisschen Sonne für diese Erde auf der wir wohnen ..."*

Nicole un NDR1 Welle Nord köönt Leven retten! Wat hebbt wi lacht. De Tranen leepen över uns rode Gesichter. Un? Na wat woll?

Ik bün natürlich nomol wedder trüch na Huus, he hett sien dösige Wacken-Kort schnappt, de hung örnlich anne Pinnwand inne Köök. Wo denn sünst! Un blots een Stünn later as ik dat plant harr, kunn ik denn na Kiel fohrn.

Dörchaten. Dörchaten:

„ Wie eine Blume am Winterbeginn
so wie ein Feuer im eisigen Wind,
wie eine Puppe, die keiner mehr mag,
fühl ich mich an manchem Tag.

Dann zähl ich die Wolken, die über mir sind,
und höre das Klagen der Mütter im Wind.
Ich singe beruhigend im Auto mein Lied -
und freu mich, dass es ihn gibt!*

Wackööööön!

(*frei nach Nicole: Ein bisschen Frieden)

Antwort ut de Vergangenheit

Af un an schick ik een Wunsch in`t Universum. Jaaa, lach nich! Ik glööv dor jo ok nich so richtig an, blots – wenn`t klappt, denn kipp ik meist verbaast vun Stohl. Letzt hett dat klappt. - Also, mien schönste un spannenste Droom is, … ik draap eendags mien Öllern in` anner Leven wedder, un de Witz dorbi is, also wi sünd al so Anfang 20. Al in een Öller! Ik froog mi jümmers, wat hett se beweegt? Ik will eenfach weten, woans hebbt de sik dormols föhlt? So as junge Erwachsene. Tjo, een Wunsch an`t Universum.

Letzt heff ik de Böhn mol wedder opkloort. Ik heff dor ok noch so veele Kisten vun mien Öllern. Papeere, Biller, Andinken! `N Barg Gedöns fleeg stracks in` Schredder. Man denn kreeg ik een grote schöne Mapp mang de Fingers, leddig – op den eersten Blick. As Journalistin büst du jo vun Amts wegen neeschierig. Ik heff överall mien Fingers inne veelen Fäcker vunne Mapp prökelt un kiek an, op eenmol – grabbel ik dor een lange Breef rut. Weer mit `n Füller schreven. Een Breef ut de foftiger Joarn!?

Mien Modder wull em woll ehr Fründin schicken – hett se abers nich. Se vertell vun ehr Baby, also mien grote Süster, vunne Arbeit, de junge Ehe, vun se ehr Sorgn, ehr Wünsche för de Tokunft. Total sööt. Ik

seet dor un bever. Den Wunner-Breef inne Hannen.
Boah. Du, dor weer`t Finster na de Vergangenheit
hen wiet, wiet apen. Mien Mama mit Anfang 20!
Phhhhhh. Minsch Universum, du funktschioneerst
överraschend anners. Man wenn, denn op`n Punkt.

Op grote Fohrt ...

Nu wart` maritim: Letzt Summer wull ik mi -, na, ik segg mol, – maritim oplaaden. As Kind weer ik jo mit mien Öllern veel oppe Ostsee mit Segelboot ünnerwegens. Un letzten Summer, dor dach ik so, Minsch, de Kinner sünd groot, de brukst nich mihr frogen, de wüllt sowieso nich mit, harrn jo ni nich Lust toon Seilen, also, ik wull mi nu düt Feeling, düt Geföhl vun Freeheit, Avendüer un Seefohrerromantik wedder holen. Na meist veer Johrteinte mol wedder trüch op See. Un nich op so een langwielige Krüüzfohrt, womöglich mit Komfort un Schischi un Luxus. Nee, dat is wat för Rentner.
Ha, ik doch nich! Nee, ik, dat ole Seebeen wull mihr. Kunn mihr ... jo. Also: Ik heff een Trip mit `n Traditschionssegler anstüürt. Dat Schipp is `n Gaffelschoner, 36 Meter lang, acht Meter breet. Dullet Schipp, twee grote Masten, de Rump ut Stahl. Passt 37 Lüüd rop. Ik kenn meist nüms dor an Bord. Moodig oder? Hmhm. Blots twee Lüüd ut mien Tiet as ik so Midde 20 weer. Kolleegen vunne Zeitung in Niemünster.
Also, ik harr mi dat so vörstellt: Ik jump dor so rüm as fröher, vun Bord an Land, vun Land an Bord. Kledder an Deek as `n Katt, elegant un sportlich ...
Also, ik dach, ik treck de groten Segels mit hoch ... jo, faat hier mol an, pack dor mol to. Un mien Hoor

weiht in Wind. De Sünn malt mi lüür lütte nüdelich
Summersprütten in`t Gesicht … Süüfz.
Eenfach een wunnerschöne romantsche Droom. Ach
jo, een Droom, Lüüd. Een Droom … un sünst nix. Bit
op de Summersprütten. De kreeg ik duppelt un
dreefach. Dat güng al dor mit los, also, ik keem an
eersten Dag ünner Deck in uns lütt Kabin, dor
schulln wi mit veer Lüüd in slapen. Mien beiden
Frünnen vun fröher un een frömde total nette
Seglerin weern jüst ankomen un keeken sik ok
erstmol üm. De frömde Fro weer `n echte Doktersch,
ok so mien Öller, blots … in slank un super sportlich.
Na jo. Also, ik müss nomol kott för Ladies, un as ik
denn trüch keem, dor harrn sik de annern al fix `n
Koje utsöcht. Oppe Backbordsied ünnen harr mien
Fründin ehr Tasch hensmeten. Oppe Stüerbordsied
ünnen leeg de Kuffer vun mien ole Kolleeg. Un
doröver, also oppe Stüerbordsied baven, dor harr sik
de sportliche Doktersch al ehr Kuschiküssen
henpackt. So. För mi bleev de Koje anne
Backbordsied baven. Kiek mol, de beiden, de sik för
ünnen entscheed harrn - pah! De harrn jo al mol
sowat vun gor keen Problem, also mit Rinkomen in`t
Bett, nüchtern oder mit Slagsiet, de kunnen dor
eenfach so rinplumpsen. Un ok de nette, frömde
Seglerin, slank, sportlich, traineert, de kledder seker
elegant as Tarzan na baven op`e Stüerbordsiet. Un
ik?
As al wedder rut weern, dor heff ik dat, seker is
seker, denn erstmol alleen utprobeert. Also, woans
ik in mien Koje, dor so na baven links … rin

kumm ... Du mutts di dat so vörstelln: Also, de hulten Afslusskant vunne smalle Koje güng mi bit hier ... knapp bit anne Schuller. Mehr so ünner de Achseln. Un dat is `n total blöde Hööchde ... ganze blöde Hööchde. Een heel vertrackte Winkel för miene Arms. Een Ledder oder sowat weer natürlich nich dor. Is jo keen Luxuskrüüzfohrt för Senioren, is ja wat för Avendüer-Typen mit Knööf ...

Nütz jo nix, mit een Foot heff ik mi ünnen oppe Kant stellt. Jo, ahn Schoh! Ik wull dor jo bi mien Fründin keen Dreck rinkrümeln. In Strümp heff ik mi afstött. Oh nee – boah, wat dä dat asig weh!

De Kant inne Mitt ünner mien arme Foot. Un denn heff ik mi alleen mit de Kraft in mien Arms opstött. Junge di! Dor weer ik al mol ganz alleen teemlich stult op mi. Is doch enorm, wat noch allns so in een bin steken deit an Knööf un Geschicklichkeit. Wow. Ik heff mi suutje hochdrückt un wat denn? Ik hung dor as `n Sack Zement, pennel een beten hen un her. Schull ik nu een Been elegant hochswingen un rin inne Puuch? Verrückte Gedanke.

Schaff ik doch ni nich. Dink na olet Huus, dink na! Okay: Wenn de Kraft dat nich bringt, mutt de Kopp ran. Ik harr `n Idee. Ik heff denn mien Gewicht un de Schwerkraft insett un arbeiden laten.

Plietsch oder? As de richtige Momang keem, heff ik mi över düsse fiese baverste, smalle, hulten Kant mit mien Luxuskörper, mien Buuk un de Hüften röver fallen laten. Nich schön, man mit Erfolg. Denn de Been jichenswo dor so achterran swungen un batz, nu leeg ik dor as Moby Dick bi Ebbe op` Watt.

Knapp ünner de Deek vunne Kajüüt. Un puust.

So, kott verhaalt un denn langsom as `n Würstchen op`n Grill ümdreihn, dor is jo nich veel Platz, Hannen anne Hosennaht un inslapen … so kunn dat klappen. Dat weer mien denn mien Generalproov ahn Publikum.

Wenn wi dor denn an Avend al to de glieke Tiet in de lütt Kabin an`t rümackern weern, inne Puuch wulln, denn heff ik jümmers ropen:

„Achtung! Todesrolle!" Nich, dat ik bi`t inne Koje wuchten noch elkeen mit mien stramme Been een an Döötz hau! - Lüüd, wat schall ik seggen, na söben Daag an Bord harr ik den schwatt-grönen Güddel. In echt. Dat heff ik abers eerst tohuus mitkregen, an Bord geev dat keen grote Speegel. Na geföhlt 5000 mol in un ut de Koje wuchten, harr ik mi mit düsse sportliche Aktschion een Rundüm-Hämatom in mien sensible Mitt quetscht … jooohooo!

Sowat beleevst nich op so een langwielige Krüüzfohrt för Rentner un Warmduscher!

Hett nich lang duert, denn harr ik mien Leevlings-Arbeits-Platz an Bord ok funnen. Ik lann inne Kombüüs un in Service. Un würklich, ik weer de lustigste Service an Bord - ever ever ever. Ik heff jeden Töller Supp an` Mann un anne Fro bröcht. Ik heff den Kaptein toon smuustern kregen un dat weer`n dröge Knaken un Afwuschen mit`n fröhlich Leed oppe Lippen för 37 Lüüd heff ik ok ahn Mucks un Meckern.- Ach jo, dat weer woll`n feine Trip. Doch, seker.

Un du lernst jo nich blots de annern Lüüd op so een

Segeltour nipp un nau un fix kennen! Wat du dat nu willst oder nich. Nee, du lernst ok di sülvst nomol richtig goot kennen. Wat du dat nu willst oder nich ... Ik heff mi dat goot överleggt. Ik ... ik ... ik warr in Tokunft woll nich nomol so een Schippsfohrt mitmaken. Nee nee. Gifft jo so veel anner Aktivitäten för Froons in mien Öller. Spannend! Jo! Ik meen, villicht probeer ik neegstmol „Töpfern in der Toscana"? Oder villicht „Wiesentanzen in der Schweiz"? „Schweigen-Fasten im Kloster Cismar"? Oder: Ik fang doch mol heel lütt an. Mit een Mini-Krüüzfohrt. Villicht: Kiel-Oslo-Kiel?

Hannel in Nevel

Mien Vadder harr `n Seilschipp. Ölven Meter lang,
dree Meter foftein breet. De „Nordost". De Kassen
weer ut Stahl. Knickspant. Seeg so `n beten ut as `n
Panzer. Scharpe Kontur. Dat Ding weer mordsstabil.
Wenn de annern ut`n Vereen mit ehr hulten Scheep
mol op de Klamotten rumsen, also op Schiet oder op
`n Steen lepen, sowat kümmt jo vör, also denn geev
dat ok mol Spleten, richtig Schoden un ok Water in`t
Boot.
Nich bi Barbers. Wenn de „Nordost", düsse Kasten
ut Stahl, also, wenn de „Nordost" mol op `n Steen
baller, denn maak dat düchtig Boing un binnen fleeg
allns ut` Schapp. Villicht kajool ok noch `n arme
Steckel den Neddergang daal, man buten, also in`
Rump, dor geev dat blots `n Buul un goot weer`t.
Sekerheit keem bi düt Schipp ganz klor vör
Schönheit.
Ik föhl mi as Kind op dat swore Iesenseilboot
jümmers so seeker as in Abraham sien Schoot.
Ik weer dormols so üm un bi veertein Joar olt. Wi
weern mit de heel Familie op de Ostsee
ünnerwegens. Dat Weekenend meist üm. De Eider-
Yacht-Club ut Rendsborg op Retour-Trip vun
Denmark na de Schlüüs Holtenau in Kiel op to.
Allens paletti. Sünnschien, Koffi-Tiet, lecker Kekse,
Schooklaad un Gummibärchen an Bord. Wunnerbor.

Een Maria Kron för`n Kaptein.

Man denn, op`n Stutz änner sik dat Wedder. Vun Sünnschien un klore Sicht trock sik dat kumplett dicht. Nevel. Nevel is jo sowat vun greesig. Nevel makt nich blots de Sicht kaputt, nee, Nevel sluckt ok jeeden Larm, de Stimmen, allns. Un wenn du tolang in Nevel kieken deist, wieldat du unbedingt wat erkennen willst, denn prizzelt dat inne Oogen, un du büst blind un dumm. Toerst harrn wi noch uns Frünnen mit ehr Seilscheep neven uns. Man denn keem mihr un mihr de natte griese Nevel un de kreep denn ründ üm`t Schipp. De annern ut`n Club weern nich mihr to sehn un denn bald ok nich mihr to hörn. Wi werrn alleen.

Alleen oppe Ostsee. Kumplett vun` Nevel opfreten. Dat natte griese Witt üm uns rüm pier inne Oogen. Mien Vadder fung an to bimmeln un to hupen mit` Nevelhorn. Un denn sä he: *„So Kinner, koomt mol al na achtern in`t Cockpit, blievt hier tosomen".* Mien Modder keek ernst un weer musenstill. De Spooß weer perdü. Wat weer los?

Wi weern jo in Richtung Slüüs kott vör Laboe ünnerwegens. De groten Damper inne Fohrrinn weern, dat kunn wi höörn, inne Negde. Man wi kunnen de nicht klorkriegen, nich sehn, Damper, Lüüd! Riesengrote Pötte. Normalerwies nich to översehen. Man nu?

Twors, de hebbt jo Radar, man wat de uns lütt Sportboot ok noch mit op`n Senner harrn? Een Blick in mien Vadder sien Gesicht un mi düch, ne, woll nich so würklich. Ik weer bang, un mien Öllern güng

45

ok de Düüs. Dat kunn ik dütlich föhlen. „Pssst", sä
mien Vadder un he versöök dat un wull dörch de
dicke Supp wat klorkriegen … unmööglich. Ik weet
nich wolang wi dor so rümschippert sünd.

Un denn reep he op eenmol: „Dor buten! Is noch `n
beten weg oder? Schiet! Kiek doch mol, kiek mol,
dor achtern in Nevel, kannst dat ok sehen? Dat
kümmt doch stracks op uns to! Een Damper?
Verdammt!" Minsch dat Ding weer riesengroot. De
mangelt uns noch över. Wi hupen un bimmeln un
vörsichtig änner mien Vadder den Kurs, man wohen
egentlich?

Wo weer denn de Küst? Wo Laboe, wo de dusselige
Fohrrinn? So bang is mi no ni nich west. Ik seeg al
uns Enn: Ünnerneiht vun een Schipp as de Titanic so
groot, afgluckert an een Dag, de mit Sünnschien un
Schoki anfung un nu in natten griesen Nevel in`t
Neernswo meern oppe Ostsee elennig to Enn güng …
Un dor, in den Momang, dor heff ik in hööchste Not
mien lütt Gebet opseggt. Ganz lies, egentlich harr ik
dat nich so mit`n leven Gott. Man düsse Situatschion
erforder besünner Massnahmen. Ik wull `n Hannel
versöken:

„Leeve Gott", swiester ik in mien geele Öljack un in
de na Gummi stinken Schwimmwest, „leeve Gott,
wenn wi dat hier heil överstaht, Mama, Papa, mien
Broder un mien Süster un ik … denn … denn … denn
do ik würklich mol wat för de School. Jo! Ik lihr
Vokabeln, ik pauk Mathe, büffel … Physik. Schass
mol sehn Gott, ik änner mi kumplett! Dat verspreek
ik di!"

Tjo. Ik harr dat noch nich lang rutposaunt, dor reet de Nevel op. Wedder so vun glieks op nu, un direkt vör uns Schipp weer de Kieler Föör. Total klor un dütlich kunnen wi dat Laboer Ehrnmal sehn, un de Sünn strohl warm vun Heven. De Fohrrinn weer wiet weg un dat, wat wi as grote Damper in Nevel dor so vör uns op uns to schippern sehn harrn, dat weer blots `n grote Fohrwatertünn. De Nevel harr uns anne witte Nees rümföhrt. För uns seeg de Tünn ut as `n Tanker.

Minsch, uns full nu aber `n Riesensteen vun`t Hart. Motor ansmeten un af na Huus. Boah, ik weer so erleichtert, so häppi, ik heff denn doch forts vergeten, wat ik dor so in hööchste Not, okay, villicht `n beten vörielig, na ja, also, wat ik dor so in mien lütte Snack mit Gott hoch un hillig toseggt harr. Duer nich lang un ik bün backen bleven. Gott hett `n betert Gedächtnis. Siet düsse Tiet laat ik dat Hanneln mit Gott lever sien. Ik heff mien Straaf afseten, tweemol de Obertertia.-

Liekers, is allns beter as in Nevel vör Laboe afsupen.

Sehnsucht in`t Glas

Weckglöös weern jo veele Johrteinte total unmodern.
Wi freert siet Joar un Dag doch allns in. Mien
Modder hett fröher in Summer, also wenn wi mit`
Segelboot ünnerwegens weern, dor hett se jümmers
Gulasch, Kohlrouladen oder anner Saken inkakt. Jo,
is op See nich jümmers blots hitt, dor kannst sowat
ok in Juni oder September noch goot eten. Lecker!
Wi harrn dor ok keen Köhlschapp. Hüüt hebbt se dat
jo meist överall. Mit de niege Technik sünd erstmol
al de Weckglöös verswunnen. Man nu fiert se een
grote Renaissance! Weckglöös överall, grote, lütte,
ooltmoodsche, romantsche Glöös.
Eendoont, wat Du dor binnen finnst, egentlich stickt
dor `n gode Portion Sehnsucht in`t Glas. De Trend op
Büfett sünd düsse lüür lütten Leckereen in`t Weck-
Glas. Okaaaaaaaaaaaay, jo, dat Oog itt ok mit. Klor.
Ok dat. Un so is eendags een Minsch inne Köök
denn woll op de Idee komen un hett düsse
ooltmoodschen lütten Weckglöös wedder rutkleit. Se
sünd överall, op Büfett, bi`n Brunch, bi jeeds Kaak-
Event. Nüdelich oder?
Politiker, Geschäppslüüd, Firmenkunnen,
Hochtietsgäst … jeed mutt togriepen. Dat is „Eten en
miniature". Dat Stück Fleesch, huch, so so lütt un
alleen in`t Glas – dat löst bi de Minschen den
Beschützerinstinkt ut! Zort nehmt wi dat lütte Glas in

uns Hannen, kuschelt de Finger dor üm un löpelt as
fröher bi Mama unse Minipött ut. Hmmmm, wat`n
kuschlig Geföhl vun Heimat in` harten Alldag. Süht
ok op`n eerste Blick nich so verfreten ut as`n
randvull packt Teller. Blots achterran, jo, dor mutts
sehn, wo du al de lütten utkratzt Glöös geschickt
afstellst.-
Middewiel schwappt düsse Trend so richtig över de
Glas-Kant. Dat gifft bi de total cooln hippen Bio -
Trendsetter in New York un Berlin Lüüd, de nehmt
vun tohuus ehr grotet slanket Weck-Glas mit na den
neegsten Coffeeshop inne City. Un dor laat se sik
denn ehrn Latte Maggiato in affüllen.
Un denn marscheert se los – mit` Wullmütz op`n
Döötz, dunkle Brill för de möden Computer-Oogen
in`t Gesicht, de Ohrstöppsel vun`t Smartphone
rinproppt, dat Multimedia-Dings links un den Koffi
in`t hillige Weck-Glas rechts.
Een snaaksche Kombi ut Modeern un dat, wat een
noch würklich **be-griepen** kann. Glück un Glas.
Neo-Romantik to go. Pssssssssssssst! Blots nich
op-wecken! Jichenswo mutt de modern Minsch sik
doch an fastholen. Un wenn`t an Omi ehr Weck-Glas
is.-

Vun Eierwarmers un Boshis

Wat bi uns tohuus fröher op'n Fröhstücksdisch stunn, dat drägt de Jugend hüüt op'n Kopp. De seltsomsten Mützen. Also, mien Modder hett dormols ut Sposs un Övermoot ut de verschedensten olen Wullrest Eierwarmers häkelt un knütt. De segen oftins ut as Miniatur-Pudelmützen. All harrn se Striepens. De häkelten Dinger kregen ok bunte Gnubbel anneiht or lütt Blöden, wat ehr so spontan infulln dä. Total kreativ. Du, de Farven weern echt verboden. Dat weer jo allns, wat sik so över de Joarn bi ehr in Korv ansammelt harr. Dor leeg de Rest vunne hellblaue Babystrampler neven den Rest vun Tante Elfriede ehr lila Schal to Wienachten. De Rest vun mien Papa sien Anthrazit un Bruun vunne Socken neven mien Gröön un Geel vunne erst Pudelmütz! Un nu fiern al düsse Rest vun opknüdelt Wull een irre Hochtiet. Mien Mama hett se fröhlich kandidel koppeister, eenfach so total överschnappt nee tosomenhäkelt as Minimütz, as bunte Eierwarmers toon Insatt för unse Fröhstückseier. Hauptsaak, se weern bunt, lustig un warm.

Harr se mi dormols sowat womööglich as echt grote Mütz tosomenprökelt …! Ik weer opstuns ut' Fenster jumpt. So snaaksch weern dormols düsse utverschamten Wullmonster. Echt. Man mien Mama sülvst weer jeedsmol total begeistert vun ehr nieget

Wark, ehr frische Wullkreatschionen. Un hüüt seh ik
dat ok kumplett anners. Jo, kiek di doch oppe Straat
mol üm! Överall wasst de Lüüd düsse Boshi-Mützen
op`n Dööz. 20 Joar jung Keerls häkelt sik sülvst
begeistert solk quietsch-bunte Eierwarmers in
XXL!!!!! Letzt is mi een Keerl in` swatte Antog mit
Boshi-Mütz in knallbunt övern Weg lopen! In`t
Internet överslagt se sik mit Häkel- un Strickmuster
för düsse Oogenschocker. Un mien Mama hett sowat
al vör foftig Joarn as Prototyp in lütt för unsen
Fröhstücksdisch tosomenhäkelt!
Respekt. So löppt dat mit echte Künstler. Wo
besünners ehr Kunst is, dat wiest sik oftins erst veel
veel veel later.

Fisematenten

„Vun Facebook un anner Fisematenten!" - So heff ik
mol een Programm op Platt nöömt. „Facebook" is
klor, oder? Dat is de gröttste Snackplattform in`t
Internet. Un „Fisematenten"? Dat is een ganz
besünner Utdruck. Dat hett mien Vadder fröher
jümmers seggt, wenn ik to kess weer un los wull:
"Ines, mach` mir hier keine Fisematenten!"
För mi höör sik dat an as mit „e" schreven. Vörn,
also so as in „fies" in`t Hochdütsche. Fies, eklig? Dat
stimmt abers nich. Is Tüünkrom. Quatsch.
Fisematenten - schrifft sik blots mit een „i". Tominst
kenn ik dat so, in dat ole Lexikon vun Otto Mensing
wiest he uns ok „Fießmatenten, Fisimatenten,
Fisermatenten un Fisamatenten". Dat bedüüt soveel
as „Ausflüchte und Flausen machen". - Dat heet,
egentlich kümmt de Snack ut` Franzöösche vun:
„Visitez ma tente! Besuchen Sie mein Zelt!" As de
Franzmann as Suldat dat Rheinland besetzt harr, hett
he dat so versöcht un wull de rheinschen Deerns
verföhrn. Verföhrn will ik hier nüms, man Flausen,
dor kann ik een Leed vun singen. Flausen sünd
klasse. Een anner Snack ut mien Kinnertiet weer
noch: *„Reden ist Silber - Schweigen ist Gold!"* - Hm,
un dat mi. Ik heff dat jo versöcht.
Man, wat is hüüttodaags mit de Welt los? De swiegt
doch nich. Al haut se bi Facebook, Twitter, Whats

app, SMS un sünstwo de Wöör blots so rut, un dat mehrste kannst glieks wedder vergeten. Liekers, bi Facebook bün ik ok. As Journalistin un Freiberuflersch kannst dat bruken.

Ik kumm vun Weg af, ik wull to`t asige Facebook hier jo noch wat loswarrn.

De kennt dor keen Pardon. Keen Brems. Un se kämmt al dien Daten dörch, de du so angeven deist. Nu wull ik jo unbedingt ok ole Schoolfrünnen geern wedder mol schrieven, also heff ik dormols ordig allns akkrat bi Facebook angeven: Wo olt ik bün, wo ik leev, mien Hobbies un so wieder.

Wat`n naive Dussel. Dat mi. Egol. Dreemol dörvst nu raden wat passert. Jowull, nu ballert se mi dicht mit Werbung, Anzeigen – för: Rollatoren, för düsse düren Treppenlifte, för T-Shirts mit so Snacks as: „Mutti ist die Beste!" - Ik reagier nich. Denn keem T-Shirt-Werbung för: „Oma ist die Beste!" Nix. Nu tööv ik jo op: „Uroma ist de Beste!" - Na, un allerletzt kreeg ik vun Facebook den Vörslag, ik schull doch mol in een nette Seniorenkring gahn, dat Leven hett ok för mi noch schöne Överraschungen! Du, dor bün ik vun alleen noch gor nich op komen … glöövst dat?

Also, Lüüd, nix gegen al düsse Hölpsmiddel, man in Momang geiht` ok so noch ganz goot. Ik heff denn dor op de Facebook-Siet mol so een lüür lütte griese Haken rechts baven anne Kannt vunne Werbung anklickt: *„ Weshalb bekomme ich solche Werbung? "* De Anwort: *„ Weil Sie über 50 sind."* - Rumms. Sitt överall een Automat dor achter.

Op eenmol föhlst di echt malad. Dorbi bruuk ik dor keen Facebook för. Mi langt al mien Fründinnen. Dor hett sik bi uns örnlich wat doon över de Joarn. Un dor fallt mi doch erstmol mien Öllern in. Dat mutt ik hier vörut schicken: Ik heff mi as Twen jümmers örnlich opreegt. Denn, mien Öllern – un de harrn dormols man knapp de 50 to faat, also, ik reeg mi op, wieldat se dormols an Koffidisch mit ehr Frünnen al över ehr veele Krankheiten un Marotten palavert hebbt: *„ Oh, hest du dat ok in`t Krüüz? Ach, dat is de Milz. Hm, de Gall kniept wedder. Oh, düsse Migrään!"* Nie nich wull ik so warrn. Nie nich! Letzt, ik harr toon Gebortsdags-Brunch inladt, du dor weern de Lüüd noch nich ganz binnen, noch inne Deel, dor stöhnt Sabine al: *„Aaaaaaaaaah, mien Rüch, verrückt is dat, ik weet överhaupt nich, wat ik noch maken schall. Överall treckt dat. Bi di etwa noch nich?"*

Un Susi marscheert dörch de Döör un brüllt: *„Keen Wort! Ik weet, ik bün wedder dicker worrn!"* Man den Vagel, den Vagel hett Birgit afschaten. Se sett sik superslank un elegant an mien Disch, – an mien wunnerbore Fröhstücksdisch mit Kääs, Fleeschsalat, Tomate-Mozzarella, frische Krabben, Brot, natürlich Brot! Rundstücke, Quark mit Früchte, sülvstkaakt Konfitüür un Schoklaad. Man se … se packt mit so `n spitze Mund een lütt Tupperdoos op ehrn Töller. Ik dach toerst, nanu, will se al glieks wat för ehrn Mann inpacken, okay, weer `n beten komisch, man naja. Nee! As wi annern denn anfungen, dor kiekt se vun ünnen so geneerlich, treckt den Deckel af un fangt an un schlabbert een brun-griese Bree. Sogor ehrn egen Löpel harr se mit.

„Büst Du krank?" froog ik. Ik meen, denn bliffst jowull lever tohuus oder?

„Neeee, wir ziehen bloß grade eine spezielle Ernährungsumstellung durch. Na, ja, die dürfen wir auf gar keinen Fall unterbrechen. Mach` Dir man keinen Kopf, ich komm klar. "

Ach wat! Ik avers nich. Heff ik Gift op`n Disch? Na, ik sluck mien böse Kommentar rünner. Un denn – na `n halvig Stünn höllt de Fro uns een Vördrag dor över, wat inne normale Nahrung middewiel allns nich mihr okay is, total fies un ungesund. Ik aten deep un suutje dörch un segg nix.

Un Dorle hett, ik dach, ik seh nich richtig, Dorle hett sik glieks lever ehr egen Broot inpackt. Sülvst backt, Kastenform. Is klor, – Dinkelschrot. Süht ut as `n Tegelsteen. Gries.

„Also, Weizenmehl, geht ja gar nicht. So ein Bauch, macht sooooooo`n Bauch!

Und erst die Milch, kannst aus'm Supermarkt nicht mehr kaufen. Ist ja nichts mehr drinnen, alles Chemie, reinste Chemie. Na ja, und dieser Supermarktkäse, alles Schiet!" -

De annern laat de Löpels langsom daal, faat ehr Rundstücke nich mihr an. Mi geiht de Puust ut, un de Düüs löppt sik warm … Ik segg jümmers noch nix. Denn holt Susi wedder Luft un verkünnt:

„Ik fang morrn an un drink een heele Week blots noch düt Pulvertüüg, armer Fred oder so.- Nee, Sanakräht - wat weet ik. " Se schuult op den frischen

Lachs mit Dill un schuuvt em `n beten wieder röver, röver na Silke. Un Silke is mien Heldin! Se packt sik den Teller vull, röppt: *„Hast du noch`n Kaffee?"*
Un de Fro geneet mit Schmackes allns, wat ik stünnlang mit Leev tosomenquirlt un so schön bunt un lecker op`n Disch packt heff. Hoffentlich geiht ehr dat achterran ok goot, ik meen, se hett – glööv ik – blots för mi dat Anti-Mecker-Programm duppelt düchtig dörchtrocken.
Un de Reis güng jo noch wieder: Total in sünd jo düsse *Smoothies*. Dor wart allns mit Saft oder Melk oder Water in een extra Smoothie-Maschien verquirlt. Wedder so een Ding, wat naher in`t Schapp inne Köök blots Platz wegnehmen deit. Eendags hest de Nees vull un packst de dusslig Maschien toerst in` Keller, un toletzt geihst dormit op`n Flohmarkt oder haust dat Mistding bi E-bay-Kleinanzeigen rut! Na, de Smoothie-Maschien un de Wirtschopp mööt jo brummen.
So, un so lütt un week un opquirlt kannst dien Eten eenfach rünnerkippen. Versöök dat mol mit `n dicken Strohhalm. Szzzzzzzzzzzzzzzzzt. Mutts nich lang kauen, blots slucken.-
Du, dat schont ok de Gesichtsmuskeln, dien niege Teen, hest noch weniger Falten, du sporst denn ok Tiet, un wenn du dor Gemüüs oder Salat rindreihst, denn warst eendags wedder so slank un gesund as dormols mit 20 … een Körper so stramm as de Hals vunne Giraff. Villicht. Seker is, an`t Enn sünd wi al doot. - De Smoothie-Jünger un wi, de wi noch kauen köönt. Na, dat sluck ik mol lever rünner.

Un ik segg jümmers noch nix.
„Und wie das einen entschlackt! Unser moderner
Körper ist ja total übersäuert! Komplett
sauer!" dozeert nu op eenmol Fro Perfesser Birgit.
„Ja! Die ganze Schlacke muss raus. Nützt ja nichts:
Diese alte Schlacke tötet Dich von tief drinnen!" Un
dorbi rullt se dramaatsch mit ehr schöne blaue
Oogen. Boah! Nu langt mi dat. Wenn ik dat Wort
„Schlacke" höör, dink ik an ünner Tage, Industrie, ik
seh `n swatte Masse vör mi.
„Entschlacken?" Mienswegen, aber nich bi mi
tohuus an Gebortsdagsdisch Klock ölven an
Vörmiddag! Sünd de al kumplett dörchdreiht? Hebbt
de blots noch `n Bregen-Smoothie in` Kopp?
Bregenklöterig weer güstern, Bregenbree is hüüt.
Dat matscht so schön dor baven as de Wischen op`
Heavy-Metal-Festival in Wacken na dree Daag
Regen ...
Ik heff middewiel mit beide Hannen dat witte feine
Tischdook to faat un tell langsom rünner, 23, 22,
21 ... mi is dat nu egol, ik wull sowieso renoveern!
Un nu wart hier glieks sowat vun entschlackt. Allns
mutt rut, Birgit un Susi toerst, denn Dorle mit den
Rest vun se ehrn angnabbelt Dinkel-Steen!
Man, dor seh ik, dat mien leevste Silke - as in
Zeitluup – also, Silke packt sik een lütt Stück
Schoklaad op`n Teelöpel, denn tunkt se Löpel un
Schoklaad vörsichtig in` hitte Koffi, blots kott, makt
de Oogen to, atent deep in un schuuvt den Löpel in
ehr hübsche Schnuut. Hmmmm. Se smuustert un
geneet. Un denn, Klipp klapp, denn makt se een Oog

op un plinköögt mi to. Wat schall mi dat denn seggen? Oh! Okaaaaay. Denn laat ik dat Dischdook even wedder los. Wat för `n Timing. Un ... wat för Tieden!

Rad af

De Rööd sünd small. Super small. De Radfohrers mehrstendeels ok. Man liekers, wat köönt de för `n Platz klauen! Un dat nervt. Mi. Veel duller as so een Mähdöscher-Monster oppe Landstroot. Veel veel duller. Denn anners as de Mähdöscher-Monsters oppe Straat verswinnt de Rööd nich vun alleen. De Mähdöscher mutt jo ok arbeiden, de spiddeligen Radfohrers mit ehr düre Fleegenrööd sünd dor blots so toon Spooß vör di ünnerwegens. Ik glööv, ik treck de an as dat Licht de Motten. Worüm hebbt wi egentlich so wunnerbor utbuut Radfohrweeg? Nee, dat geiht jo gor nich! Nee, nee, düsse dünnen Dinger köönt dor nich kommodig un fix noog langs suusen. Denn dor sünd se veel to empfindlich för. Un dorüm radelt se al oppe Landstraat. Du sühst jo normalerwies as Autofohrer de heele Straat vör di.Tominst bit to de neegste Kurv. Man nu kiekst as Autofohrer – un dat würklich nich freewillig - dat heff ik mi jo nich utsöcht, also nu kiek ik direkt op so een sportliche Höhnermors. So sportlich, dat he ok noch in knallbunte hässliche Plastikbüxen verpackt is. K ö r p e r b e t o n t. De kascheert nich mihr veel. Ik bün middewiel een Expertin. Jo. Un denn geiht dat Achterdeel na links un denn na rechts. Wedder na links, na rechts. Se strampelt wacker. Söss Keerls traineert. Twee mol dree Mann nevenanner. Tjo, denn köönt de sogor noch `n beten kommodig snacken. Toll. Lustig Jungs. De knackbrunen muskulösen Been pedd as bi de Tour de France.

Af un an, ik tucker siet tein Minuten suutje achterran, dreiht sik denn doch mol een na mi üm. Ha, knackig Been, man swacke Nerven, wat! Minsch Keerl! Dreih di wedder üm un maak doch Platz! Nee, nu will he mi vörbiwinken. Nix da. Ik kenn di nich, ik vertruu di nich. So nich, ik seh nich noog. Blots dien Achtersteven in bunt. Nee, ik mutt noch töven. Jümmers datsülve. De kriggt mi so fix vun null op hunnert. Wat warr ik füünsch.

Liekers, füünsch is total verkehrt. Gifft suurmuulsch Folden üm` Mund, dat Hart sleiht to fix, de gode Luun verafscheed sik. Will ik nich. Nee, ik heff mi wat överleggt. Lüüd, ik will nix as seker un fix an düsse spiddeligen Keerls oppe Fleegenrööd merrn oppe Landstraat vörbi. Wenn du den Fiend nich slaan kannst, denn mutts em överlisten. Na tööv mol. Mi is dor wat infulln mit de Tiet. De niege Anti-Nerv-Rennröödfohrer-Taktik löppt so: Wenn de Jungs överhaupt nich ko-opereern, also mitspeelt un mol Platz makt för mi un mien lütt Auto, denn fohr ik eenfach extra suutje achterran.

Ik heff dor neemlich wat vörbereit. In mien Handschohfack liggt een ganz besünner CD. Sülvst brennt.

Kennt ji noch vun Marvin Gay den Song: „*Sexual healing*"? Dat is langsom un sooo sexy Musik. Geiht los mit „*let's make love tonight*". Düsse laszive erotsche Musik is mien raffneerte Waffe gegen sture Minimors-Super-Rennrööd-Nerver op `n Dutt. Kann ik di blots empfehlen. Also, CD rin, unsn sexy Marvin op Anslag luud opdreihn un denn de Schieven rünner. Ik sett denn noch mien riesige Sünnbrill op, schüddel mien Hoor un leeg een Arm macho-Froons-ordig, wenn`t sowat geven deit …, also, ik pack den Arm lässig ut` Autofinster un tööv. De Keerls kennt düsse Musik. De speelt se, wenn se `n Deern verföhrn wüllt. Bringt di in Stimmung. Also, ik kiek mi denn nu mit Musik ganz in Roh de Jungs vun achtern an. Hmmm, dat lütte Achterdeel geiht na links un denn wedder na rechts. Wedder hoch un denn na links. Na rechts, na links … *Let`s make love tonight* … Dorbi seh ik noch, de hebbt oftins noch so een lütt Polster inne Büxen inneiht, dor wo anner een natürlich Polster hebbt, na, dat hebbt de allang wechstrampelt. Nu kann`t nich mihr lang duern.

Bingo. Dat sexy Musikbett un mien Speel un Optoog wirkt. De eerst Keerl dreiht sik irriteert na mi üm. Jo wat? Ik smuuster em total sööt to, spitz de Lippen un leeg mien Kopp kokett oppe Sied … *Schnucki, Schnucki, fohr mit mi na Kentucky* … He winkt nomol. Nee, du, dat is mi veel to gefährlich. Ik bruuk Platz! Ik bün nich scharp op so een dünne bunte Köhlerfigur. Na endlich. Op eenmol fohrt se as sik dat höört achternanner un rechts. Den Kopp verbiestert na ünnen un pedd un pedd. Nu fohr ik gaaaaaaaaaanz suutje vörbi, will jo keen vunne strammen Keerls bedrängen … un vunne hektisch

Peepshow heff ik nu ok de Nees vull.
Bedank an Marvin Gaye. „*Sexual healing*" klappt
also ok – lütt beten afwannelt - oppe Landstraat.
Minsch, Minsch, Minsch, egentlich jo ganz veel Nix
- so dünne Rööd, man dor köönt se de heele Straat
mit dichtplastern. Also, leeve Lüüd, een riesige
Sünnbrill in`t Handschohfach, sexy Musik op
Konserv an Bord un jümmers noog Nerven toon
„Rennrööd-Fohrer-anne-Sied-speelen", – dat kann
hölpen.

Slötel-Salot

Jichenswo in mien Huus mutt een riesengrote Super-Magnet sien. Jo. Un de treckt siet Johrteinte Slötel an. De lannt denn jümmers inne eerst Schuuvlaad vun mien lütt Kommod inne Deel. Ik bün in mien Leven bitherto tein mol ümtrocken. Un jeeds mol finnt ik mihr Slötel in düsse Schuuvlaad.

Un hier in mien aktuellet Huus, dor wo fröher mien Mama leevt hett, dor heff ik in een grotet Marmladenglas in Keller nu noch mihr Slötel funnen. Mien Mama ehrn Slötel-Salot ut över 90 Joar Leven. Lüür lütte, dicke runne, Fohrrodslötel, platte Slötel. Oldmodsche Slötel. Keen Ahnung, wo de henhöört, man utsorteern?

Nee, kann ik nich. Will ik nich. Ik bün doch mien Modder ehr Dochter, ik heff desülven Macken. Blots, wenn du so veel verscheden mysteriöse Slötel inne Schuuvlaad hest, denn finnst natürlich ok de aktuellen nich so fix. Na, dat heff ik middewiel inne Gripp. Ik heff de aktuelln mit bunte Bänner un lustige Slötelanhänger utstaffeert. Du meenst, denn wart` Tiet, ik schall nu endlich den olen Slötel-Salot entsorgen? To nix mihr to gebruken?

Nee, kann ik nich. An jeed Slötel hangt doch `n Geschicht an, een olet Fohrrod, een Döör, de allang nich mihr klappt, een Kuffer, de verswunnen blifft, een Slot, wat vör sik hen rost, een Hart, wat jümmers noch op den richtigen Slötel töövt … spannend. Villicht knüpp ik de olen Slötel een na den annern mol an een rode lange Sleep un bammel se eenfach inne Deel neven de Gardroov op. Denn is dat Kunst! Un denn heff ik tominst wedder Platz inne Schuuvlaad. – För niege Slötel.

Opa Leo

As ik so acht Joar olt weer, dor is mien Opa Leo
dootbleven. Dat weer een ganze leeve sööte Opa.
Een Opa as ut `n Billerbook. He hett mi Märken
vertellt, hett för mi bastelt, mi ut `n olen rostigen
Roller een niege blitzblanke, frisch anpöönt
Superroller buut un, un, un. Also, kott un goot: Ik
harr em richtig dull leev. Un denn weer he doot.
Tante Anni meen dormols: *„Kind, dien Opa is nu in
Heven un kiekt op di rünner. He is nu jümmers bi
di."* Hhm. Jümmers bi mi? Hallooo? Entweder büst
du doot, denn büst du weg. Oder du büst dor,
wirklich dor, denn büst du nich doot. Man wenn du
doch doot büst un liekers jümmers dor un ik seh di
nich mehr un ik hör di ok nich? Dat hett mi as lütt
Deern dormols doch düchtig verwirrt!
Beten later heff ik mi dacht, na jo, villicht löppt dat
mit de Doden so as inne amerikansche
Fernsehserien. De heff ik as Kind total geern keken.
Toon Bispeel düsse romantsche Serie:
„Der Geist und Mrs.Muir". Grootordig. Also, de
Geist weer `n Kaptein, seeg klasse ut un teemlich
doot weer he ok, leider. Total doot. Na, nich ganz. He
geister regelmässig geern nomol in sien olet Huus
rüm. Nich as so een greesig Klappergestell, nee, jüst
so smuck, as he in sien lebennig Tieden toweeg weer.
In`t schöne ole Huus vun` Kaptein weer middewiel

de attraktive junge un teemlich blonne Witwe Mrs. Muir introcken. Tosomen mit ehr Kinner. Mrs. Muir fell gau in Love mit em; se weer total verknallt in den attraktiven doden Kaptein sien Gespenst. Ik ok. *Süüfz*. Düsse scharmante Geist-Kaptein kunn sik jümmers fix in Luft oplösen, unsichtbor maken, wenn anner Lüüd dorto keemen. Man ik wüss, twors – du kunnst em denn nich sehn, man egentlich weer he *jümmers dor* ...

Kunn mien Opa dat nu villicht ok? Ik heff em jo ni nich weddersehn ... As harr he sik in *Luft* oplööst. *Luft. D*e greesigste Vörstelln för mi dormols weer jo, also, wenn de Lüüd doot sünd un wedder trüch koomt, – so as Geist – unsichtbor un „ent- ma-te-ri-a-li-seert" ... Minsch, denn müss de Luft doch total full vun doode Lüüd sien? Is doch klor! Nu! Hier! Jetzt! Radiotöne kannst so eenfach jo ok nich hören, man funktioniert liekers. Allns to jede Tiet dor, brukst blots `n akkrate Empfänger. Is doch so: De Luft is 24 Stünnen nonstop pickenpackenfull mit Musik, Gesabbel, Daten, Biller.

Dat wi dor noch nich an erstickt sünd! Dat`s een Wunner. So, kiek: Un so löppt dat ok mit mien Opa Leo un den Rest vunne Dodenwelt ... Un jedsmol, wenn ik inaten do, - hhhhhhhhhhhhh - , denn inhaleer ik womööglich een Dode.

Un: Womööglich is mien Opa Leo ni nich as Geist wedder na mien Oma trüchkomen, wieldat lütt Inilein em ut Versehen inhaleert harr! Dor kriggt de Schnack: "*Hey, dor is di jo wat dörch de Nees gahn!"* - *also,* de kriggt doch een kumplett annern

Dreih! - Een anner Bekannte dormols wull mi ok tröösten. Se meen: *„Kind, wi al sünd Energie. Un Energie blifft jümmers dor. Blots in anner Form. Nix geiht verlorn!"* `N starke Tobak.

As ik denn `n beten grötter weer, müss ik ok op düsse Theorie wedder op rüm dinken. Ik meen, hey, de Blomen, de sik mit mien leeve Opa Leo as „Red-Bull-för-Planten" dick un duun freten hebbt, de wannelt doch mit ehr Blöder ut Kohlendioxid, hm, jichenswo Water oder so – hm, also, de köönt düsse Dings – düsse ... na ... düsse Fotosynthese?! Oder? Schietegol, an`t Enn hebbt wi wedder: *Suerstuff.* Un wat doot wi mit Suerstuff? – *Hhhhhhhhhhhhhhhh.* - Wi mööt em inaten. So. Nich för de School lihrt wi, nee, för solk brillante Ideen! Blots dor fallt mi in, bi düsse Theorie is mien Opa Leo jo denn kumplett opdröselt . Opdröselt in lüür lütte atomiseerte anonyme Deele. Utenanner klamüüstert vun `n Plant! Vun `n Göösbloom? Vun `n Hunnenbloom? Geiht jo gor nich! Minsch, mien arme Opa, de puzzelt sik doch so ni nich wedder akkrat tosomen!

Nee, denn doch lever as Geist dörch de Nees rin un ut`n Mund wedder rut.

Ut`n Mund ... Boah - un dorbi is mi wat Sensatschionellet opgahn: Gifft jo Lüüd, de hebbt `n echt slechten Aten. So `n richtig fiesen. Süh, dor heff ik denn as Kind dacht, hm, de hebbt eenfach to veele böse Minschen rünnerwörgt. Na, ut Versehn! De slechten Geister stinkt, de goden Geister duft na Gummibärchen oder Pepermint. Mien Opa Leo höört natürlich to de Pepermint-Fraktion. Wat sünst?! He

hett, as he noch nich „ent-ma-te-ri-a-li-seert" weer, gern mol `n Piep smöökt. Mit düssen Plumm-Tobak. Hmmmm - dat röök so lecker.
Un dat is nu würklich snaaksch, seltsom un verwunnerlich: Dink ik an mien Opa Leo, denn stiggt mi düsse Duft vun Plummtobak eenfach so inne Nees. Eendoont, wo ik jüst bin. Ik kann em rüken.
Un nüms is an`t smöken. Ik glööv, in den Momang sweevt mien Opa Leo kott mol op wunnersome Ort bi mi vörbi. Un he striekelt mi mit den Piepenrook. Denn aten ik vörsichtig in – hhhhhhhhhhh – un ik dreeg mien Opa Leo een lütte Wiel mit mi rüm.
Un denn laat ik em vörsichtig wedder rut: Pfffh pfffh pfffh. Gode Reis Opa Leo op dien Plumm-Tobak-Wulk. Lüüd, dor is mihr twüschen Heven un Eerd, as wi uns dat överhaupt vörstelln köönt.
Un af un an rükt` na Plumm-Tobak.

So veele Wöör

Mien Modder hett dormols, as ik lütt weer, jümmers
ropen: *„Kind, rappel nich so!"* Un: *„Ines, kreisch
nich so!"* Ik harr as Kind woll een teemlich hoge
Stimm. Dat hett sik mit de Tiet ganz vun alleen
geven. Man de Kritik an`t fixe Snacken, düsse Brems
dorbin - dat weer för mi meist traumaatsch. Ik denk
fix un ik snack fix. So bün ik oppe Welt komen.
As Radio-Fro un Vertellersch maakt dat denn jo
allang wedder Sinn. Rappeln is mien Brot. Mien
Modder is mit meist 91 Joarn vunne Welt. De letzten
Joar weer se dement. - Bi mien Fründin inne Köök
hangt `n Opbacker anne Pinnwand. Hebbt ehr Kinner
dor anpiekt un dor op steiht: *„Mathe ist ein
Arschloch!"* Ik wünsch mi middewiel riesengrote
Opbackers mit den Snack: *„Demenz ist ein
Arschloch!"* Un dat mutt op Hochdütsch, op Platt
klingt` veel to fründlich. Mien Mama harr total veel
vergeten, af un an ok mi. -
Man een Dag in Summer, een Joar ehr dat se
dootbleven is, dor harr se een gode Dag to faat. Se
wüss mien Naam, se begrööt mi mit: *„Mien leeve,
leeve Dochter"*, un ik dach, Minsch Mama, hüüt fiert
wi Wienachten un Gebortsdag tosomen. Dat keem
nich mihr oftins vör. Op jeden Fall meen se denn na
`n lange Dinkpaus op eenmol: *„Ich habe viel
gelernt"*. Punkt. Tjo Mama, dat stimmt. Ik heff denn

dormols in Summer an düssen heel besünnern Dag se ehrn bunte Faden in Kopp opnahm, un ik fung an un vertell mien Modder ehr egen Geschicht. Toerst vun ehr Grundschooltiet in Glettkau bi Danzig. „Ja", nickkopp mien Modder, *„und mit allen in einer Klasse, große und kleine Kinder."* Richtig. Se erinner sik würklich. Een lütt Wunner an düssen Dag. Geev anner, dor anter se op nix.

So hebbt wi över een Stünn kommodig tosomen seten. Ik heff ehr na un na vertellt, wat se allns in ehr Leven liert harr ... Jümmers över ehr Liernen. Vun de Utbildung in Danzig bi Pudding-Oetker, vun ehr Kinnertiet an' groden wieden Strand. Glieks achtern Diek stunn mien Oma un Opa ehr lütt Fischerkaat. Ik vertell vun Königsberger Kloppse mit Kapern un `n lürr lütt beten Etig. Vun Butt un Hiering. Vun hulten Fischerboote un warme Summer an groten wiede Strand bi Glettkau, dor, wo de Seesand fien un witt as Zucker lies vör Joar un Dag dörch ehr lütte Kinnerfingers riesel.

De Flucht, de trurigen, leegen Erinnerungen, nee, de heff ik eenfach weglaten. Mit Schangs harr se de ok vergeten. Mit Schangs …

Also vertell ik lever vun de wunnerschöne Puppenkledaasch, sülvst sniedert, vun`t Stricken, Häkeln, vun`t Segeln, vun`t Kegeln mit ehr Fründinnen in de niege Heimot Schleswig-Holsteen. Se nickkopp wedder un wedder. Weer glücklich un strohl. Stult un verwunnert över allns, wat so suutje denn doch wedder mit `n beten Hölp sien Weg na baven funn. Un denn – op eenmol – pack se mien

Hannen, drück mi dor `n Sööten op un sä:

„Minsch Kind, ich weiß gar nichts mehr. Aber du, woher weißt du so viel über mein Leben?" Ach Mama, dat hest Du mi över de Joarn allns jümmers wedder un wedder vertellt. Un ik heff goot tohöört. Allns afspiekert. Liggt allns seker un leevt wieder in mien Bregen un - vör allns - in mien Hart. Un denn, mit `n groot Süchen keem dat langsom ut ehr rut: *„Gut, dass du so viele Worte hast."* Ik müss slucken. Achterran, as ik wedder op`n Weg hen na mien Auto op`n Parkplatz vör`t Heim weer, dor heff ik luud seggt: *„Danke Mama, jo, ik heff veele Wöör. Un dat is goot so."*

Dat kümmt even dor op an, wat du schnackst, wo du schnackst un woans du schnackst un ok, wat dat jüst passen deit. Man wenn, - denn sünd ok mol ganz veele Wöör ganz wunnerbor.-

Gaunerzinken

Gaunerzinken. Hest dor al mol wat vun höört? Hört sik jo na so `n grote Nees an. Man nee.

Gaunerzinken, du, dat sünd urole Geheemteken. Spitzboven kratzt oder malt de eenfach mit bunte Kreid so an frömde Döörn, op Gehweeg oder anne Tuuns vun frömde Hüüs. Denn weet de Kumpels, dor is wat to holen, dor leevt `n Single, dor wohnt een ole Mann, de kann nich goot kieken oder: Pass op, de hebbt `n Hund! Dat köönt se allns mit düsse Geheemteken, düsse Gaunerzinken verklorn.

In mien Zeitung hebbt se erst letzt al Bürger wedder opropen, dat du sofort, – also, wenn du sowat bi di jichenswo sühst … anne Muer oder direkt an`t Huus, op`n Gehweg, lütt oder groot, denn schasst du fix mit` Handy allns fotografeern. Is för de Polizei un denn schasst dat gau wegmaken, also - afwaschen. Un denn de Polizei anpingeln. Brrr, is doch greesig. Ik heff mi dat denn allns goot markt.-

Ik mutt jo jümmers fröh mit`n Hund. Un letzt an een Sünndag – wat mutt ik sehn? Överall in mien Straat weern dor so in lüchten gröön un orange solk geheemnisvull Teken. Würklich un wohrhaftig! Man, wat heff ik mi verfehrt. Teken överall oppe griesen olen Gehwegplatten. Mol swungen, mol lang, mol kott un zackig. Överall. Ok gegenöver bi mien Naver. Nu weet ik jo, wat sik höört. Un ik heff nich

lang fackelt. Zivilkraasch brukt dat Land. An
Sünndag fröh inne Morrn, dor hett Ines Barber den
Schrubber ut`n Keller holt, Water un gröne Seep
dorto un - zuppserupp Veronika – denn heff ik
eerstmol vör de Döörn vun mien Naver schrubbt. An
Sünndag! So bün ik!
Du, de Spitzboven köönt mi mol fix anne Fööt
kleien. Nich mit mi. Dor mööt de sik `n anner Opfer
sööken. An Namiddag, dor heff ik dat denn stult
mien Naver vertellt. Ik weer seker, nu krigg ik een
Loff. Villicht jo sogor `n Tass Koffi un` dankbor
Publikum för mien Geschicht. Wat hebbt de doch för
`n dulle Naversch! Schrubbt de Kriminellen eenfach
weg! Vör frömde Huusdöörn.
Superwoman!!!!!!!!!!!!!!!! Man nix. Mien Naver
keek mi een Momang lang teemlich still an, denn
reet he de Oogen op un denn lach he sik kaputt:
*„Frau Barber – haben Sie das denn nicht
mitgekriegt? Stand doch sogar in der Zeitung? Die
Stadtwerke müssen hier überall neue Leitungen
verlegen. Die haben hier noch am Freitag ewig
gemessen und überall ihre Zeichen hingeschrieben,
na, für die neuen Anschlüsse!"* Ach wat. Dat kunnen
se nu denn jo nomol maken … Gottogott. Hallooo, ik
meen, Stadtwerke? Jo, sünd de denn bekloppt un
malt Teke noppe Straat un Weeg jüst so as de
Gangster ... so Gaunerzinken? Pah. Blots goot, wat
ik toeerst gegenöver schrubbt harr.
Bi mi vör de Döör kunnst noch allns prima lesen.

Krank sien un krank anhörn

„Ohhh", seggt mien Kollegin to mi, *„ik heff jüst mol bi Anne tohuus anropen, nee, wat höört de sik slecht an, so malaad, de Arme…"*
Na, denn is jo allns paletti. Also, wenn se sik ok anstännig krank anhörn deit. Annerwies hest doch een „Glaubwürdigkeitsproblem". - Ik meen, hest almol 39 Fever hatt? Eenfach so? Un keen Husten oder sünstwat? Du bliffst tohuus, man sünst, also, sünst weets noch nich so nau, wat du di dor egentlich infungen hest un du klingst an`t Telefon n o r m a l . Dat geiht nich. Glöövt di doch nüms, wat du würklich krank büst. Also, toon Bispeel so. Dat Handy pingelt un du geihst dor an: *„ Petersen, hallo?"* Dien Stimm, normal! Dat is een Riesenproblem – een Telefon-Problem. Klor, denn eendoont keen di anropen deit in dien Feverwahn, - is dien Stimm normal, jo denn glöövt di dat doch nüms, hey un zack geiht` bi de Arbeit rüm: *„Du – de Petersen, ne, hm, de fiert krank – is poppenlustig, nee, de hett nix! Ik heff anropen. Höört sik super an."* – Un dorbi glöhst du furchtbor bi 39 Grod. Un föhlst di greesig. Also, so `n ordinär Husten, een Snuppen, dat`s beter. Toon Bispeel: Dat pingelt un du quäkst dütmol düchtig dörch de Nees: *„Haaallloh … Peeheeetttersssen…"* – un, batz – *„ Oh mein Gott, wie hörst du dich denn an!!"* Bingo.

Du büst krank, du mellst di krank un du höörst di ok
so an. Mitleid garanteert. Keen dumme Schnacks
över Blaumaken oder so. Man, hest dat womöglich
inne Rüch, jo, denn veel Spooß an`t Telefon.
Also, - dat Telefon pingelt, du geihst an un
„Petersen, wer da?" Jo, ok wedder total unmööglich,
so klingt doch nüms de würklich krank is, – meent
de Kollegen.- Allns veel to normal. Keen Krächsen,
keen Snuustern. Nee, dor mutt een denn doch ut
reinste Vörsoorg een beten nahölpen – „pimp-my-
kranke-Telefonstimme". Mien Tipp bi „Rücken":
Laat dat Telefon örnlich lang bimmeln. Minsch, du
kannst doch nich so fix hüüt, di deit doch allns weh!
Al vergeten? So, un denn mit letzt Kraft ran:
*„Jahaaa, Peeeheetersssenn ... hmmm, sorry, ohh au
auah, ich kann mich ... aua ... kaum bewegen ...
aahaua." „Oh mein Gott, Frau Petersen...!"* Sühst
woll, so klappt dat. Blots ... wat maakt wi bi
„Magen-Darm"?

Sauna

De gröttste Idiot, den mien Fründin Sabine kennt, is jo ehr niege Mandant. Sabine is Rechtsanwältin, Afkaatsch. Ja ja ja, sowat dörffst jo nich öffentlich seggen, deit se ok nich, man ik weet Bescheed. De Keerl is `n notorsche Grabschkalli, un he stinkt as `n Puma op Moschus. Na ja, Ogen fast op` Honorar un goot, seggt mien Fründin Sabine. Entspannen vun solk greesig Mandanten kann sik mien Fründin blots inne Sauna.- Dor lööst sik de Stress eenfach in Damp op. Ahhhhhhhhhhhhhh.
Also, dat kann ik jo ni nich verstahn. Sauna? Du schweets as `n Swien, freewillig un na tein Minuten sühst ok meist so ut! Ik heff dat utprobeert – doohooch. Inne gemischte Sauna. Boah, Stress pur! Al de annern Stünnen köönt wi Fruuns uns fein achter Make-up, Kleedaage un` frische Fönfrisur versteken, man inne Sauna? **Natte rode Speckschwarten insparrt in` hulten hitte Kist.**
Lüüd: So stell ik mi den Töövroom vunne Höll vör! **Das Warrrrtezimmer zur Hölle!**
Sabine, mien Afkaaten-Fründin, de is nu ok kureert. Bi ehrn letzten Sauna-Opguss – du, de Döör geiht op un – snüffel snüffel ... - Moschus?! Nee, nee? Doch. Se kunn jo nix sehen. Allns vull Damp un so, man rüken ... ja ... un wohrhaftig: Moschus! He weer dor! Inne gemischte Sauna. De stinken Grabschkalli,

na, ehr eklig Mandant. Un dor packt he sik denn ok al mit so `n heftig Stöhnen Back an Back neven Sabine oppe hulten Bank. He harr ehr natürlich so fix noch nich klor ... Du, vertell Sabine, de Keerl harr den Mors noch nich hitt, dor weer ik al buten as de geöölte Blitz. Komisch oder? Hett` woll mit de Entspannung inne Sauna dütmol nich so richtig klappt ...

De Klorsichtbrill

Wenn ik op Entspannung instellt bin, denn fier ik mi sülvst. Ik heff dat schönst un kommodigst Tohuus, wat een sik överhaupt wünschen kann. Ik seh keen Dreck, ik seh keen Geschirr, wat noch rümsteiht. Ik seh nix, wat mi den Dag verhageln kunn ... Dat is toll. *Süüfz*. - Man, düsse paradiesche Tostand ännert sik jo op `n Stutz, wenn Besöök inne Döör steiht. Op een Mol verwannelt sik allns in ... na ja ... Chaos. Mien Tohuus steiht oppe List för `n totalet „Make over", also för `n kumplett Lifting. Nix is mihr schön. Un de Gedankens jaagt mi ut mien Komfortzone:
*Ach wat `n Schrumpelsofa, nee, kiek mol, solk ole anstött Stöhl, de Tapeet so gries ...* un so wieder un so greesig. Is doch bekloppt. Ik kiek mi in mien kommodig Tohuus üm mit een „temporär" Hass-Klorsichtbrill. Un wat de nich allns op eenmol in`t Visier nehmen deit.
Letzt inne Köök. Mien Gäst wulln geern hölpen. Och, weets du, hm, ... jo, eegentlich jo nett, man, äh, nee, lever doch nich. Mien Oos vun Hass-Klorsichtbrill fokusseert in HD ultrascharp mien Geschirrhanddöker, akkrat övernanner stapelt, allns fein plätt, jo, man – oh nee – mit lütte Löcker un lütte Plackens dor op. Minsch, de gaht ok bi 60 Grod nich rut! Jo, un dat nich to knapp. Un bös utfranst

sünd de ok noch, de Ophängers deelwies afreten.
Greesig Huusholt. Düsse Schann. Schlamm op mien
Huusfroon-Schlampen-Dötz.
Ik höör al de Gäst wispern: *Kiek an, buten hui,
binnen pfui ... harrn wi jo nich vun ehr dacht.*
Tze tze tze. Man denn dat Wunner: Blots een Dag
later, wenn ik wedder alleen tohuus bün, denn
verleert düsse Hass-Klorsichtbrill fix ehrn bösen
Töver. Ik plätt wedder mit Hingaav un Leev mien
utfranst schrabbelig Schöteldöker. Veel to schaad
toon wegschmieten! Beten scheef hett Gott leev.
Een beten scheefer hett he lever ... *tätää tätäää!*

Poesie för`n Alldag

Ik tööv jümmers noch op mien Poesie-Album. Elkeen gruvelt woll siet Joar un Daag noch recht wat lang över `n goden Snack na. Dat lütt Book is quadratsch un hett `n dunkelblauen afwaschboren Ümslag mit witte lütte Pünktchen. Hüüt wedder hochmodeern – „Polka-Dots". Wi hebbt in uns Grundschooltiet düsse Poesie-Albums ünneranner uttuuscht un jeed Fründin, Lehrerin, de Öllern un Grootöllern – ach – al, de wi kennen, de müssen dor wat rinschrieven.
Vun mien Modder weet ik noch:

*„ **Wenn ich kann, was ich soll, kann ich alles, was ich will.** "*

Hammer oder? Dor strengst di an in`t Leven. Un ik seh vör mien inner Oog de Handschrift vun mien wunnerborn Opa Leo, man ik kann un kann mi bien beste Willen nich op sien Wöör besinnnen. Okay, dat weer nich jümmers de hööchste Litratuur, man – ik segg mol – doch – Poesie för`n Alldag. Also, ok sowat as:

„Rosen, Tulpen, Nelken, alle Blumen welken,
aber nur die eine nicht
und die heißt Vergissmeinnicht.-"

Un wat hebbt se mi dor allns rinmalt un rinkleevt,
Lackbiller mit Glitter, wunnerschöön malt Blomen,
lütte Katten un düt un dat. Düt Poesiealbum is
unglaublich kostbor för mi!
Man elkeen Töffel hett dat jümmers noch jichenswo
inne Grabb to liggen. Un ik tööv. In mien
Gedankens, dor roop ik düssen tüdeligen verleden
Mitschöler jümmers to:
„ Minsch, tru di – ik schimp ok ni, ik will blots
endlich mien Poesie-Album trüch hebben, hey - du
hest över 50 Joar Tiet hatt! Ik frei mi över jeden
Snack, schriev doch ... ähm:

„Ein Häuschen aus Zucker,
aus Zimt die Tür,
den Riegel aus Bratwurst,
das wünsch ich Dir!"

Sowat! Poesie even. Dunkelblau mit witte lütte
Polka-Dots. Ik tööv.

Knuutsch dat Smartphone!

Düt Bild kennst doch ok: Een junge schöne Deern
höllt een gröne lütte Pogg op de utstreckt Hand hoch,
kiekt em stracks an un gifft em een Sööten. Sowiet
so goot.-
Nu heff ik een anner Bild in Kopp, dat seeg op den
eersten Blick meist so ut as de Prinzessin mit Pogg.
Man denn keek ik nipp un nauer hen, ik meen, hey,
leep dor wohrhaftig een Prinzessin mit `n Pogg, mit
`n Frosch, dörch mien Inkööpsstraat? - Also, de
junge Deern, hübsch, langet Hoar, smucke
Kleedaasch, meist as `n Prinzessin, de heel op de
utstreckt slank Hand een … na? Een Smartphone! Se
harr dat blitzblanke Deel vör de Snuut un sabbel dor
rin. Seeg abers vun wieden so ut, as sabbel se **mit**
dat lütte Smartphone. Even so as de Prinzessin mit
den grönen lütten Pogg. Snaaksch, ik dach, glieks
gifft se ehr Handy een Sööten. So leev harr se ehr
lütt Snackbrett.
Dat Smartphone hett jo anne Kant dat Mikro inbuut,
un de jung Fro weer ahn Extra-Mikrokabel mit
Ohrstöppsel ünnerwegens. Also müss se dor luud
rinsabbeln. Man in so een verdreiht un opfällig Oort
un Wies? Un överhaupt. Düsse snaaksche Anblick.
Keen dor woll an`t anner Enn toluuster?
Na Prinzessin, hest em al mol in echt sehn? Oder
wedder blots op` Dating-Portal, dat Foto perfekt

retuuscheert un op schick bröcht? Womööglich hett
he Pickel un de Porsche is doch blots `n klapprig
Fohrrod? Keen kann dat weeten?
Is jo dull. So heff ik dat Smartphone mien Leevdag
noch nich sehn. Frosch-Phone. Smart Pogg. -
Danke Prinzessin. Un veel Sott mit den Pogg, äh, mit
dien Dating-Prinz.

De geheemnisvull Fahrstohl

„Fahrstuhl des Grauens" - so heet een Horrorthriller
ut` Joar 1983. Düsse Film hett in mien Psyche jüst
op minst soveel to schannen makt as „Der Weiße
Hai". Ik swimm nich mihr gern in` apen Water, un
Fahrstohl-Fohrn is för mi jümmers wedder – na, ik
segg mol – een beten kribbelig, kiddelig. Bi uns in`t
NDR-Funkhuus, dor hebbt wi total schicke modeern
Fahrstöhl. Nich besünners geräumig, man mit `n
Speegelwand, kannst Di fix rundüm checken.
Twüschen de Fohrt vun eersten in drütten Stock.
Oder annersrüm. Also, sitt de Frisur? Mutt ik nu
doch mol `n niege Jeans hebben? Heff ik wat
twüschen de Teen? Seggt Di jo keen Minsch inne
Kanteng. - Af un an stell ik mi vör, wat dor achter de
Speegelschiev villicht een Kamera sitt. Na jo, solk as
inne Krimis. Un wenn ik denn check, wat ik noch
villicht Petersill twüschen den Teen heff, tjo, denn
lacht sik jichenswo een Techniker kaputt ...
Ruckeln dörff dat ok nich, denn krigg ik Panik. Man
total snaaksch is een besünner Funkschion in unsn
Fohrstohl: Dor steiht neven een lütt Sloss:
„*Sonderfahrt*". Jo! Sonderfahrt – bi uns in Fahrstohl.
Wat schall dat denn, wohen denn bitteschön? Na
links oder na rechts afbögen? Geiht doch nich!
Sonderfahrt ... pah. Du, mien Phantasie kennt keen
Grenzen, de Fohrstohl hier villicht ok ni? Stell di dat

doch blots mol för, also, wenn de Uterwählten denn
op *Sonderfohrt* drückt, villicht geiht denn dat Dack
hier över mi op un se suust mit Överschall-
Geschwindigkeit wiet hoch in Heven. Un tschüss!
Na, dat is denn woll ok de letzt Sonderfahrt. Barber –
hool dien Finger dor weg. Un ik segg noch:
„Fahrstuhl des Grauens". Uns`n hier makt mi denn
doch `n beten bang ...

Ut`n Buuk

Wat is dat Geheemnis vun` lange Ehe? Ganz
eenfach, du dörvst nich utenanner gahn. Brüllwitz.
Also, du dörvst di nich scheden laten. Hm, utenanner
gahn, dat kümmt jo doch oftins mol vör. Gifft jo
Poore, de gaht sowat vun utenanner: He slank as `n
Spargel, se de kommodige Dickmadam oder
annersrüm, he mit `n Figur as `n Litfasssäul, se de
hulten Marionett. Aprospos Marionett ...
Letzt bien Bäcker. Ik will jüst so `n Stück
Plummkoken köpen, dor kümmt `n Ehepoor rin, also,
de segen so ut as 300 Joar verheirod. He dat Modell
„Fohrwatertünn op`e Nordsee". Staatsch, riesig,
gewaltig. Se is lütt, keen Gramm Fett op`e Knaken,
de Lippen fast tosomen knepen. Modell „To Foot
dreemol ümme Welt". Ik denk denn jo jümmers forts,
hm, so `n Keerl fritt för twee, un de Fro hett
opgeven. Se kümmt woll so knapp över de Runnen.
Ha ha ha. Över de Runnen! Eendoont. Also, se leevt
vun Luft un Leev ... ähm, nee, also ... Luft jo, man
Leev?
Egol. Wi sünd bien Bäcker. Jüst will de Klapperfro –
se wiest al mit `n Finger op `n schönet Stück Tort –
also se will sik wat utsöken, dor ballert ehr Mann,
Kaptein Fohrwatertünn, dortwischen. Majestäätsch
patscht he sik mit een Hand energsch op`n Buuk, mit
de anner Hand wedelt he inne Luft rüm un denn

seggt he heel luud: *„Schatz! Denk an Deine Figur!*
Finger weg von der Sahnetorte! Frollein: Zweimal
Obstkuchen bitte, einmal mit ordentlich Sahne. "
Wi kiekt nu toerst de Fohrwatertünn an, denn de
Marionett. Also, ik dach, nu haut se em jowoll mit
Schmackes de Inkööpstasch övern dicken Döötz?
Also harr mien Mann mi so öffentlich … ik ik ik …
man nee, nix.
Dat gifft denn tweemol Obstkoken. För`n Kugelblitz
mit Slaggermanschüü. Gediegen.
Also, ik glööv jo, ehr dat düsse klapperdürr Fro de
Krogen platzt, platzt de Fohrwatertünn. Mit Schangs.
Villicht. Eendags. Oder ok nich … Un denn blifft
allns so trurig as dat is.- Un dat is denn ok dat
Geheemnis vun` lange, lange, lange Ehe.

Wunnerland Stiftebox

Grabbelkisten. Schuuvladen in` olen Schrievdisch.
Pappkartons in Keller. Överall is Wunnerland. Ach
kumm, du hest bestimmt ok so `n „Rummel-Matsch-
Grabbel-Krom-Kist" tohuus … na? Nee, bi di is allns
jümmers akkrat un sorteert? Hm, würklich? Schön.
Respekt. Villicht `n beten … langwielig? Keen
Överraschung in Sicht. Hand op Hart, du hest doch
tominst een smucket Glas oder `n Pott ut Perzllan
op`n Disch. Een Pott so mit gaaaaaaaanz veele Stifte
dorbin. Sühst woll, sowat meen ik.
Mit de Tiet packst dor jo jümmers mihr Stifte rin. De
vermehrt sik. Geern de lütten anknacksten bunten
Stummel. Noch vunne Kinner un so. Un de eensom
Pinzett, de lannt denn ok in` Pott för de Stifte. De
fritt allns. Bit to den Momang wo dat Mist mol
ümkippt. Tzzzzzz, denn smeert de Krümelkrom
vunne Buntstifte di de Fingers gröön un rot. De ole
Pinzett rost vör sik hen … Swienkrom.
Nu gah ik düsse Stiftepott abers mol so richtig op'n
Grund. Heff ik mi vörnahm. Un wat finnt ik dor?
Den lütten gülln Anhänger, den heff ik doch toon Abi
kreegen, wat schön! Sleep meern mang de leddigen
Füllerpatronen un oh oh oh wat sööt, een M a u s e -
z ä h n c h e n ! Mien Kinner sünd allang groot un
leevt woanners un denn dat! Se gröten ehr Mama op
snaaksche Ort. Wat nüdelich! Ik drööm. Du, ik maak

den Pott gau wedder schier, sorteer een beten wat ut. Un denn propp ik de Rest fix wedder rin. So een Wunnerland brukt Tiet un vör allns veel veel Roh toon Wassen. Nich dat de Töver sik verfehrt un wegflüggt. Jo! Dreih dien Stiftepott doch mol üm – warrst noch an mi dinken. Un villicht finnst jo endlich den drütten Huusdöörslötel vun vör 15 Joarn ...

Een Gedicht: De Koh Berta

De Koh Berta in ehr Not
Kriggt den Melker böös to faat.

Een twee dree – he kann nix maken,
Dat Deert hett em den Liev twei braken.

Denn neiht se ut – so inne Brass
Un gifft oppe A 7 Gas.

Doch Berta kann uns nich lang plagen,
Wart vun een Benz gen Heven dragen.

Den goden Steern in` Achtersteven -
Blootroot hett Berta ünnerschreven.

De Koh versteiht, wat wi ni schnallt:
De Minsch melkt so lang

Bit   dat   knallt!

Noch`n Gedicht: Bi Mi

Dor is een Schapp.
Een Schapp mit Glöös.
Dor is een Schapp mit Glöös,
Un twüschen al de Formen un Klören
Kiekst du mi an.

Dor is een Woold.
Een Woold in Dusendgröön.
Dor is een Woold in Dusendgröön,
Un twüschen Blööd un duften Gras
Höör ik dien Stimm.

Dor is een Stroom.
Een Stroom in bevern Blau.
Dor is een Stroom in bevern Blau,
Un twüschen Schuum un Wellendanz
Winkst du mi to.

Dor is een Weg.

Een Weg so krumm un lang.

Dor is een Weg so krumm un lang,

In jede Böög vun feern un nah

Lachst Du mi an.

Ik bün nich bang.

Zeitfracht Medien GmbH
Ferdinand-Jühlke-Straße 7
99095 Erfurt, Deutschland
produktsicherheit@kolibri360.de